なんちゃってシンデレラ　王宮陰謀編

旦那様の専属お菓子係(パティシエール)、はじめました。

Hina Shiomura
汐邑雛

B's-LOG BUNKO
ビーズログ文庫

イラスト／武村ゆみこ

Contents

登場人物紹介

アルティリエ
・ルティアーヌ＝ディア＝ディス＝エルゼヴェルト＝ダーディエ

元パティシエ・和泉麻耶（33歳）の転生した姿。現在12歳で王太子妃。夫の餌付けに奮闘中。

ナディル
・エセルバート＝ディア＝ディール＝ヴェラ＝ダーディエ

ダーディニア国王太子で27歳。アルティリエの夫。優しげな風貌をしているが冷淡。携帯糧食が主食。

アルジェナ（第二王妃）

ユーリア（第一王妃）

グラディス四世（国王陛下）

ミレーユ

ラグラス二世

エレアノール

＝ 婚姻関係

エオル（第四王子）

ナディア（第二王女）

シオン（第三王子）

アリエノール（第一王女）

アルフレート（第二王子）

ナディル（第一王子）

アルティリエ

エフィニア

エルゼヴェルト公爵

アルフレート
ナディルの同母弟。中央師団の
師団長を務める第二王子。
シオン
ナディルの同母弟。現在は
ギッティス大司教の位にある。
ナディア
第二王妃アルジェナの娘。
ナディルの異母妹。
リリア
アルティリエの侍女。
フィル＝リン
ナディルの執政官で乳兄弟。
やたら本名が長い。
レイ
ナディルの執政官。
フィル＝リンとも昔馴染み。
ユーリア
第一王妃殿下。
すでに滅んだ
小国の出身。
グラディス四世
国王陛下。
異母妹エフィニア王女の代わりに、
姪のアルティリエを溺愛。

第五章　宮廷事情と初めてのデート

眠りから醒めて目を開くとき、いつも少しだけ怖い。

目覚めたこの場所がどこなのかがすぐには判別がつかなくて、己が、和泉麻耶なのか、アルティリエ王太子妃なのか区別できないから。

厚い帳に閉ざされた広い寝台の中、小さく震える身体をぎゅっと縮こまらせて、手のひらに爪が刺さりそうなほど強く握り締めた。小さな拳はこの身がまだ十二歳の少女であることを示している。

世界有数の大国たるダーディニア、麗しの王都アル・グレア、古の叡智を秘めた白月宮、王太子の居宮たる西宮――ふわりと浮かび、脳裏に書き込まれて消えゆく単語。

大きく息を吸いこんで、まるで深呼吸するように静かに吐く。

（……ああ……ここは、ダーディニアだ）

そして、私は『私』であることを知覚する。

交通事故をきっかけに、この身は、和泉麻耶という三十三歳のパティシエから、わずか十二歳のダーディニア王太子妃アルティリエになった――今の私は、麻耶の記憶とアルティリエの知識を持ち、この胸の奥には二人の感情を合わせて抱えている。

どちらも私で、どちらか一方ではない。

（不思議な感じ……）

混乱していた最初の頃に比べると、今の違和感はごくわずかだ。

実家であるエルゼヴェルトのお城で殺されかけて、私の意識が目覚めたばかりの頃は、眠るたびにあちらの世界に戻っていることを願っていたはずなのに、王宮に戻ってきた今では、目覚めるたびに自分がアルティリエであることを確認してほっとしている。

（……私は、今の私でいたいのかもしれない）

なぜか、と考えて、思い浮かぶのは無表情でうなづく王太子殿下の顔。

政務をあまり好まない国王陛下に代わり、この国の政治の実権を握っていると言われている王太子殿下は、十五歳年上の私の夫だ。

優しくて慈悲深いという噂だったのに、私の前では少し意地悪だったり、ぶっきらぼうだったりする。でも、作り笑いを見せられるよりもずっといいし、飾り気のない言葉の中には私を案ずる心情が見え隠れしていて、私はもっと殿下のことを知りたいと思っている。

完全な政略結婚だし、私の幼さと年齢差もあっていろいろ問題が多いけれど、あちらでパティシエ兼料理人だった知識を生かした餌付け作戦をひそかに遂行中。少しずつ歩み寄っている手ごたえはある。

(今朝のお茶の軽食は何にしよう？　この間、殿下が無言でおかわりしていた照り焼きチキンのサンドイッチにしようか……ああ、でもとろっとろのチーズと分厚いベーコンのホットサンドもいい)

ゆっくりと豪奢な寝台に身をおこしながら、朝のお茶の軽食メニューを考える。

王都に帰還して一月あまり……この西宮では、殿下の予定が許す限り、二人で朝のお茶を共にするという習慣ができつつある。

実際にはほとんど朝食なのにあえて朝のお茶と言い続けるのは、私が作っているのが食事ではなくお菓子……あるいはその延長の軽食ですよ、という建前のため。

ほぼ毎朝、私が食事を作っているということになると、殿下の宮の専属料理人達がその怠慢を咎められかねない。それは私の本意とするところではないし、別に料理人を首にしたいわけではないのだ。

(単に私が自分の好きなものを食べたいのと、殿下の胃袋をがっちり握るつもりでいるだけで)

現在のところ、私はまだ幼いからとほとんどの公務を免じられている。

なので、『食べる』ということにあまり重きをおかない殿下にどう食べさせるかを考えるのが、今の私の一番の仕事だった。

「おはようございます。妃殿下」

「おはよう」

身支度を整える部屋には大きな姿見がある。寝起きの姿に小さく笑った。己の顔なのでもう見慣れたが、アルティリエは寝ぼけ顔ですら整っていて可愛らしいのだ。

顔を洗うお湯や歯磨き道具を持って侍女達が入ってくる。侍女達のまとめ役のリリアは毎度のことで、今日の朝の当番はアリスとジュリアだ。

人手を使って身支度を整えることにも抵抗感を覚えなくなってきた。

今日のドレスの色は濃紺。手触りのよい天鵞絨はやわらかな光沢を帯びていて、遠目では無地にしか見えないのに動くたびに光の加減で花柄が浮かび上がる。形はシンプルなAライン。ふわふわのレースを三枚重ねたパニエでスカートをふくらませている。アクセントになっているのは真っ白なレースの大きな襟と袖口で、華やかさの中に清楚さを感じさせる。

アリスの手を借りて着替えながら、リリアの報告を受ける。

「妃殿下、まずは王妃殿下より、お茶会のお招きがございました」

正式に任命されてはいないが、いずれ私の女官長になると周囲に認識されているリリアは、秘書的な仕事も担っている。

「正式な招待状になります」

差し出された銀のトレイの上には、ごく淡い水色の紙に双頭の竜がエンボス加工されたカードが置かれている。

そこには日付と時間と場所が記されており、おそらく王妃殿下の直筆だろう。私とお茶をすることを楽しみにしているという一文が付け加えられていた。

「…………困る。マナーとか覚えてないのに」

ジュリアにこちらへ、と誘導されて椅子に掛ける。リボンカールしてあった髪をほどき、二つに分けて結ってもらった。飾り用のリボンは光沢のある白いサテン地で、よく見ると銀糸で雪の結晶が刺繍されている。

「毎朝、王太子殿下とお茶をご一緒している方が何をおっしゃってるんですか。問題があればとっくに殿下が注意してらっしゃいますよ。王太子殿下はそういうところ、かなり厳しい方ですから」

「男である殿下よりも、女の人のほうがいろいろ細かいと思うの」

女の敵は女なんだよ、リリア。しかも、王妃殿下は私にとっては姑にあたるのだ。古今東西、嫁姑というのは何もなくてもいろいろと難しいものなんだから。

「お断りすることはできません。王妃殿下のお招きというのは、いわば御命令ですから」

「……ですよね」

わかってはいるの。でも、すごく気が重い。私は何となく王妃殿下が苦手なのだ。

どうぞ、と最後にドレスと共布の天鵞絨の靴をすすめられ、そのまま足をいれて立ち上がった。絹の靴下の滑らかな感触が心地よい。

姿見に映った自分の姿に一瞬見惚れ、ナルシストではないんだからね！　と心の中で言い訳をしながら、くるりと回って全身をチェックした。

（うわ〜、まるでお人形さんだ）

今日のコーディネートは、アルティリエにとてもよく似合っている。まるで動くお姫様人形だ。『人形姫』という陰で囁かれるあだ名は、無表情で無口な人形というマイナスの意味だけでなく、まるで人形のように可愛らしいというプラスの意味も含まれているのかもしれない、と最近思うようになった。

「お気を落とされているところに追い討ちをかけるようですが、残念なお知らせと喜ばしいお知らせが一つずつございます。どちらからお聞きになりますか？」

にこっとリリアが笑った。私はため息を一つついて先を促す。

「……じゃあ、残念なほうから」

喜ばしい知らせということは良い知らせということだから、そちらを後にする。たぶんこれは、好きなものを最後に食べる心理と同じ。

「本日の朝のお茶を共にすることができない旨、王太子殿下からご伝言がありました」

「…………そう」

急なお仕事が入ったのだろう。王太子殿下はこの国で一番忙しい方なのだから仕方がない。がっかりする気持ちをぐっとこらえた。朝のお茶を殿下と過ごすことが習慣づいてきたところだったから、何だかいっそう残念感が強い。

「それで？　良いほうの知らせは？」

「王太子殿下が、ぜひ夕食を共に、とのことです」

「え？」

「たまには忙しない朝のお茶ではなく、共にゆっくりと食事をとるのも良いだろう、とおっしゃっておられました」

「……そう。わかりました」

朝がだめだから夜、というだけの代替案かもしれないけれど、単純に嬉しい。夕食を共にするというのは、より親密な感じがする。

「よろしゅうございました」

リリアがにっこりと微笑むと、ジュリアとアリスが夕食のドレスの色は明るめがいいだの、この間作られたものはどうか、などと楽しげに話し始める。ここにはいないミレディを巻き込むことも決定し、靴まで含めたトータルコーディネートの検討をはじめている。

「別に、このままで良いのに」

「いいえ、妃殿下。確かに、ご夫君との夕食は私的なものですから、礼儀上は着替えが必要というわけではありません。……ですが、王太子殿下からのお誘い！　それも、初めてご一緒に夕食をとられるのですよ！」

　ずいっとジュリアが身を乗り出す。

「え、ええ」

「ここは、完璧な演出で殿下にアピールする絶好の機会です！」

「何のアピールをするの？」

　この異様な力の入りように、思わずリリアを振り返った。

「妃殿下がいつまでも子供ではないというアピールですわ」

　リリアがくすっと笑う。

（いや、十二歳は子供だからね！）

「……あんまり背伸びしてもどうかと思うから、やり過ぎない程度にお願い」

「はい」

「もちろんです」

　でも、このお誘いって、餌付け作戦が順調に効果を発揮しているからだと思う。夕食は私が料理するわけではないから、他の料理人が作るものを食べられるのも楽しみ。

「……殿下と一緒なら、おいしいごはんがいただけるかしら？」

「さすがに王太子殿下にまずいものは食べさせないと思いますよ」

「そうよね」

嬉しいな！　何が食べられるかな。夕食は煮込み料理が基本だから、食べられないほどまずいものってあんまりないはずだ。

「それにね、一緒にお食事すれば、殿下のお好みがもっとわかると思うの」

「情報収集ですか？」

「そうよ。朝のお茶でだいぶいろいろなお話をさせていただいているけど、味の細かな好みってなかなかわかりにくいの。……殿下は、『おいしい』としかおっしゃらないから」

「それで充分なのでは？」

「胃袋をがっつり摑むには、それくらいじゃ足りないわ」

「がっつり……ですか？」

「そうよ。がっつり！　それで、第一段階はクリアしているから、第二段階に進みたいの！」

「第二段階、ですか？」

「そう。もっと私の作るものが食べたいって思ってもらうの……朝のお茶だけではなく、昼食や夕食もね」

「最終的に何を目指しているのか、聞きたいような聞きたくないような……まあ、この話はここまでにして、王妃殿下のお茶会の件ですが」

「……はい」

おとなしくうなづく。餌付け作戦の最終的な目標はちょっと人聞き悪いのであまり口にはできない。そもそも、餌付けとか胃袋がっつり掴むとか言ってる時点でだいぶ人聞き悪いような気がしなくもないけど……。

「明後日の午後になります。お衣装は先日仕立てあがったものがありますから」

「……袖とか、レースばっさばさじゃないわよね？」

「大丈夫です。間違ってもレースの袖をお茶に突っ込んだりしないようなデザインになっております」

「ありがとう」

お茶にレースの袖を突っ込むなんてありえない！　なんて笑わないでね。これ、笑い事じゃないから。

いま、ダーディニアの宮廷では、レースが流行っているの。男の人もわざわざレースたっぷりの付け袖するくらい。王太子殿下はあまりお好みではないようで控えめだけど。

「……ねえ、まさか、王妃殿下と二人きりではないわよね？」

「違います。私的なお茶会ということですが、後宮の女性方全員をお招きです」

「良かった」

それだけでもちょっとは気が楽になる。他の人がいればそれとなく盾にできるから。

「王妃殿下が苦手でいらっしゃいますか？」

「……………うん。実は」

いや、王太子殿下も最初は怖かった。絶対に苦手なタイプだと思った。

でも、今はぜんぜん大丈夫。最初に苦手だと思ったり、怖いと思ったことが不思議なくらい普通に過ごせている。

あ、ダメ……とか、苦手……って思ってしまうのって、どうにもならない。理性でそう思うわけじゃなくて、もっと本能的な部分で判断するから。

（ファースト・インプレッションってすごーく大事！）

昔、麻耶が受けたビジネスマナー研修では、最初の六秒で印象が決まると教わった。最初の印象を覆すことは可能だけど、接客するお客様一人一人とそんなに長く接していられるわけではないから、その最初の六秒でいかに好印象を与えるかが大事なのだと。

王妃殿下を最初の印象で苦手って思ってしまって、今もそれが続いている。

「妃殿下は、王太子妃宮にお戻りになるまで王妃殿下の元で育てられていたそうですが……。そのお顔ですと、覚えてらっしゃいませんね？」

「まったく。……えっ。それなら、この宮は、私が来るまで無人だったの？」

「はい。建設されてから一年とちょっと……妃殿下が四歳の時に、厨房を潰すことになった毒物事件があって後宮の王妃様の元に引き取られたので、その時から先頃お戻りになるまで、王太子殿下が管理だけなさっておられました」

「………ごめん、欠片も覚えてない」

第一王妃ユーリア殿下……王太子殿下のご生母。私にとっては姑であり、養母であるという方なのだけれど、まったく甦ってくる記憶がない。

ここまで綺麗さっぱり覚えてないのは珍しい。だいたい、おぼろげに何か覚えているものなのに。

「妃殿下が王妃殿下の手を離れ、こちらにお戻りになったきっかけは、王太子殿下に公妾をというお話が出たからなんです」

「そういう話があるのが普通よね」

年齢も年齢だものね。

「ですが、王太子殿下はそれをきっぱり拒絶されまして……自分の妃がいつまでも本宮にいるからそんな話が出るのだとおっしゃって、妃殿下をこちらにお迎えになりました」

「で、一週間とたたないうちに賊に襲われて乳母が亡くなったと」

アルティリエは、殺意に満ちているこの王宮で、幼い頃からずっと生命の危険と隣りあわせに生きてきた。

最初は、身の回りのものが壊されたり、なくなったりするくらいだった。

でも、飼っていたカナリアが死に、よく宮に入りこんで懐いていた野良猫が死に、そして、使用人までもが死んだ。

何が狙いだったのかはわからない。ただ、アルティリエの周囲では死が多すぎた。

怯え、塞ぎこんでいた幼い子供の心に追いうちをかけたのは、すでに生母のない彼女の母代わりだった乳母の死だったという。

「そうです」

何故ご存知なのですか？　とリリアが問うた。

「殿下がいろいろ話してくれたの。皆はそういったことを隠すだろうが、覚えていないことで私が危険に踏み込むかもしれないから、って」

あの淡々とした口調で事件の詳細を話してくれた。殿下の目線はとても客観的で、話もまとまっていてわかりやすい。ここ最近の話題は、だいたい殿下の知っている私の過去の話だ。

「…………お茶の時間にふさわしい話題じゃありませんよね」

「王太子殿下にそれを言っても無駄だと思うの」

「そうですね」

そこで納得されるのが王太子殿下の為人というものだ。

「犯人はティレーザ家に雇われた三人の男と一人の女。女は、こちらの宮を開く際に新たに雇われた侍女だったと聞いたのだけど」

「そうです。ティレーザ家というのは、当時、国王陛下の最愛の寵妃と言われていた愛妾リリアナ様のご実家でした。男達は本宮で行われていた修繕工事の職人として、女は侍女として入りこみ、女の手引きで男達はこちらの宮に侵入しました」

「それで私の乳母のマレーネ夫人は、当夜、こちらに宿泊するはずだった王妃殿下と間違われて殺された……と」

「はい。……当日、王妃殿下は夕食まではこちらにいらしたのですが、お風邪を召して、万が一にも妃殿下にうつしてはならないとおっしゃって本宮にお戻りになったのです」

「私と王妃殿下はそんなに仲が良かったの？」

「さあ……こちらには当時を知る人間がほとんどおりませんから……私がこちらに参りましたのも事件直後ですし」

　そうだよね。うちの侍女達は皆若い。当時からいたとは思えない。

「私がお目にかかった時にはもう、妃殿下は周囲に関心を示しておりませんでした」

　そう。その時には私は既に人形姫だったわけか……。今度、殿下に聞いてみよう。いつからお人形になってしまったのか。

「襲撃犯はどうなったの？」

「賊はすぐに取り押さえられて、裁判の後、死刑を宣告されました。……この事件の処分はかなり大きなものになりました」

「どうして？」

「妃殿下が巻き込まれたことで、国王陛下が激怒されたからです。結果、襲撃を命じたティレーザ家の当主一家は領地召し上げ。家名断絶。当主とその子息は死を賜りました。寵妃であったリリアナ様は修道院に送られ、そこから出ることを生涯禁じられ、ティレーザに連なる家は貴族院の名簿からすべて削除されました」

貴族院の名簿から削除されるということは、貴族でなくなるということだ。張本人は自業自得だが、何処まで知っていたかわからない人々まで数多く巻き込まれたのだという。

（でも……）

私が、エルゼヴェルトのお城で私の侍女のエルルーシアを殺した犯人に対して望んでいるのも、そういうことなのだと思う。裁判によって犯人が確定したら、当人だけでは決して済まされない。それがこの国の刑罰だ。

「国王陛下は温厚でいらっしゃいますが、妃殿下に関する限りそれはあてはまりません。陛下の妃殿下に対するお心遣いは、並大抵のものではないのです」

「……ちょっと行き過ぎだよね」

私が言うのも何だけど、それだけ陛下は私の母の処遇に対する後悔の念が強いのだろう。

「そうですね。……これまでにも多々ありました妃殿下に関する事件の犯人は、捕まれば死刑で、首謀者は家名断絶の上、賜死というのがパターン化しています」

嫌なパターン化だ。

「事件後、陛下は妃殿下を後宮に戻すよう命じましたが、王太子殿下がそれを止めました。『アルティリエは、後宮の女ではなく我が妃である』とおっしゃいまして」

「王太子殿下は、後宮があまり環境がよろしくないからっておっしゃっていたわ。後宮で女達のくだらない争いに巻き込まれたり、余計なことを吹き込まれたりするのも厄介だからって」

「もうちょっと言い方というものがあると思うのですが……」

リリアがため息をつく。殿下は私と話す時、まったく言葉を飾らない。

いつも不機嫌そうに見えるし、そっけない口調に、時々怒られてるんじゃないかと錯覚することもある。

けれど、最初の時のあの空虚な作り笑いを私に向けることはもうない。

まるでお芝居をしているような甘い声音で話し掛けたりもしない。

代わりに、私を見る眼差しには小さな熱がある――――柔らかで温かな、熱。

それが何なのか、まだ私は知らない。

でも、私はそれでいい——ううん、それがいい。

「それが王太子殿下だから……」

「随分と仲良くなられたようで、妃殿下の侍女としては嬉しい限りです」

「……リリア、からかわないで」

「からかってなんかいません。事実を述べたまでです」

嘘ばっかり。絶対からかってる。

そんなこと言われると意識するでしょう。別にそういうのじゃないのに。


「……殿下、これが今日のお夕食ですか？」

「ああ、そうだ」

(こう来るか！)

うん。本当にね。

王太子殿下って私の予想の遥か斜め上を四回転ジャンプしてるような人だと思う。

「君が来るから、将官用のものを用意させた」

「…………」

その気遣いの方向が何か違うと思うのは私だけでしょうか。

目の前のテーブルには、縦に少し長い金属の缶が積まれている。きっちりと油紙で包まれたブロック状のものも、たぶん中身は同じだ。

それ、見たことがあります……エルゼヴェルトのお城から帰ってくるときに。

確かにあの時、ちょっと欲しいなーって思いました……その缶でお湯も沸かせるって聞いて。

「将官用の携帯糧食は乾燥果物の種類も豊富だし、干し肉も三種類ついてくる」

「…………」

殿下の主食がこれだっていうのも知っていました。

でもね、でもね、ワクワクしてた私の気持ちを返せ。

殿下の為に用意される夕食ならおいしいに違いない！　という私の期待は思いっきり裏切られた。

「アルティリエ、どうかしたか？」

「……………携帯糧食に将官用とそうじゃないものがあるのだと初めて知りました」

リリアに話したら絶対に笑われる。

一時間以上もアリス達につきあって選んだ新しいドレスに着替えてきた私のバカ。

気合をいれて何度も履き替えて靴を選んだ私のバカ。

「これでなかなか種類が豊富なのだ。軍ごとに納入業者も違うしな」

「なぜ違うんですか？」

「一業者に固定すると賄賂やら何やらがはびこるからだ。その点、競合業者があるとわかっていれば価格もやたらとあげることができないし、工夫もする。基本的に常備軍というのは金喰い虫だ。できるだけ経費は省きたい」

そうなんだ。……でも、軍隊にお金がかかるというのは本でも読んだことある。そういえば、あちらの世界でも新聞で読んだ自衛隊の巨額な年間予算に眩暈がしたことあったなぁ。どこの世界でも軍隊にお金がかかるのは同じなんだ。

「殿下、もしかして食べ比べたりなさるんですか？」

「まあ、飽きるからな」

「…………そうですよね」

毎日このシリアル入ったビスケットじゃ飽きますよね。

私は実家から戻る旅の間に何回か食べただけだけど。

ふっと殿下が目元だけをわずかに緩ませる。

（あれ？　もしかして今日、機嫌が良い？）

何か良いことでもあったのかな？　殿下にとっての良いことが想像つかないけど。

（それなら、ちょっとおねだりしてみてもいいかな）

少し迷いながら提案してみる。

「……殿下、これ、外で食べませんか？」

「外？」

「せっかく携帯用で、持ち運びも楽なのですから、ピクニックをしませんか？」

せめて、夜のピクニックと洒落こみたい。

「外は寒いのではないか？」

「外套をとってきます」

外に出るチャンスは逃さない！　テーブルの下でぐっと拳を握り締める。

私は、王太子妃宮の外は、中庭と殿下の宮の応接室くらいしかよく知らない。なので、殿下の宮の奥に見える塔とか、殿下の宮のお庭とかに行ってみたい。

「……外出するといろいろうるさいことになる」

「だめですか？」

外出って大げさな。奥庭にある塔の上とか、東屋とかに行ければ満足です。でも、いつも中庭に出るだけで護衛が二人もつくから……庭でも外出扱いになるのかもしれない。

王宮に帰ってきてから、私に剣を捧げてくれた専属の護衛隊に加え、更に警護に関わる人間が増えている。

リリア曰く、エルゼヴェルトのお城で事件があったことや、記憶を失くした私が以前と違うことで殿下が不安を覚えたのでしょう、ということだけど、ほとんど外に出ない人間に対して多すぎだと思う。

　私をじろりと見て何か考えていた殿下は、無言で一旦（いったん）席を外す。

（？？？？？）

　そして、すぐに外套を手にして戻って来た。グレーのツイードみたいな生地（きじ）で、フードが付いたマントみたいな外套はなかなか可愛い。

（誰（だれ）の外套なのかな？）

「私が幼児の頃に使っていたものだ。サイズは問題ないだろう」

……どうせ、私は小さいですよ。


　抱（だ）きかかえられて、夜の庭を横切る。

「……えっと……自分で歩けますけど」

「歩幅（ほはば）が違うし、君は道をよく知らないだろう」

　確かに。私が知っているのは王太子妃宮と王太子宮の一部だけだ。

　でも、抱きかかえる必要はないと思うの。手をつなぐとかで充分だよね？

　こんな時間に室外に出るからとはいえ、ありえない過保護っぷりだ。

　たぶんだけど、私、殿下と移動するときに自分の足で歩いた記憶がないような気がする。

（ど、ドキドキしてるのは別にときめいてるわけじゃないんだから！）

いきなり抱きかかえるからびっくりしただけなんだから！

誰に言うでもなく心の中で言い訳した。ほんと、誰に言い訳してるんだろうと自分で自分に突っ込みながら、別にツンデレじゃないんだからね！　と更に突っ込まれるような言い訳を重ねる。いや、何かもう心の中で収集つかなくなってる気がする。

こちらの世界の夜は、真の暗闇だ。

街灯なんていうものは存在しないし、殿下は光源となるものを何も手にしていない。けれど、その足取りは驚くほど確かだ。

幸いなことに、今日は月がとても明るいので目が慣れればそれほど不自由がない。

「え……？」

空を見上げて、気づいた。

（月が二つある……？）

「月が、明るいですね………二つとも……」

「そうだな」

「…………」

（そうか、二つで普通なんだ……えーと、えーと、前に夜空を眺めたのは……あー、エルゼヴェルトから帰ってくる時だから……でもあの時は、月が出てなかった。……そうか、新月だったのか……）

　アルティリエの記憶は、まるで雪が降り積もるように少しずつ甦ってきている。そこにあちらでの麻耶の三十三年分の記憶が混ざり、現在が重なってゆく。

　緩やかな統合……私はアルティリエで、アルティリエは私である。

　違和感はだいぶ小さくなっているけれど、これは久々にショックだった。うん、衝撃だ。

「月が珍しいのか？」

「……夜に、あまり外に出たことがないので」

　珍しいどころか、初めて見ました、実は。

「それもそうだな」

　そういえば、夜にはバルコニーに出ることすらなかった。寒いから窓を開けることもないし、暗くなると分厚いカーテンがひかれる……どうりで気づかなかったわけだ。

「……しかし、君は相変らず軽いな。ちゃんと食べているのか？」

「食べてます。おやつもしっかり」

「そのわりには全然太らないじゃないか」

「……いいです、太らなくても」

　別にがりがりっていうわけでもないし、食事制限もしてないですから。いや、時々、出されるメニュー次第で自主的に制限する羽目になったりしてるけど。でも、おやつで補給してるから！

「もっと太らなければ、壊してしまいそうで怖い」

「は？」

「君は細すぎる。こうして抱えていてもわかるが……ちょっと力を込めたら、折れてしまう気がする」

「………」

　殿下は、武人としても名高い。マッチョな感じは全然しないが、服の上からでもしっかり筋肉がついていることがわかる。鍛えられた身体……きっと力を込めたら私の腕や脚なんてぽっきりだ。

「……そうですね。まだ子供ですから大人に比べれば小さいし、骨だって細いのです。殿下の力だったらぽっきり折れると思うので、取り扱いに注意してください」

「わかった」

　取り扱い注意！　天地無用！　ですよ。

　王太子殿下は、私を荷物か何かだと思ってるようなところがあるみたいだから注意してもらわないと。

　でも、目線が高くなるのは嬉しいし、抱えられているのはとっても楽。首にしがみついていると、安心感からかな。お父さんみたい、とか思う。

（新しい靴、ちょっと踵(かかと)が痛かったからよかったかも）

あと、絶対に殿下には言わないけれど、体温を感じられるのがほっとする。守られている感じがすごくあって、この腕の中にいれば大丈夫だと思えるの。

「どこまで行くんですか？」

「……せっかくだから街に出よう」

「街？」

「そうだ。夜は昼間とはまた違う顔がある。……ああ、君は昼間の街も知らないか」

「外になんてほとんど出たことがないです」

「そうだな」

私が自由にできるのは王太子妃宮だけだ。だから、王宮の外に出ると聞いて、目がきらきらしてたと思う。

王太子妃宮は、建物がロの字形に配置され、その周囲をとても高い塀(へい)が取り囲んでいる。ここの塀は王宮の他の塀の五割増しの高さがあるそうだ。塀の東側の一角だけが王太子宮とつながる回廊(かいろう)に接続していて、ここには両端(りょうたん)にそれぞれ二人の衛士(えじ)が常時立っている。

かなり広いから閉塞感(へいそくかん)はないけれど、閉じ込められている感じはある。

四方を建物に囲まれた中庭から空を見上げる時、いつも、自分が檻(おり)とか籠(かご)の中にいるような気がするから。まあ、お姫様なんてそんなものだろうな、と思っているから、今のところそれほど不満はない。

物語の中のお姫様はお城を抜け出して事件に遭遇したりするけれど、私には無理だ。外に出る前に回廊で迷子になる自信があるし、そんな無責任なことはできない。

「……いつか必ず、籠の中から出してやる」

何かを堪えるような声で、殿下が耳元で囁く。

「籠の中、ですか？」

「ああ。……あそこが君を閉じ込めるための籠であることは、あの場所を作り上げた私が一番良く知っている」

私は殿下の首にしがみつき、殿下は私の身体を抱きかかえている。

近すぎて、今殿下がどんな顔をなさっているのかがわからなかった。これ以上ないほど近くで互いの存在を感じているのに、どんな表情をしているかもわからない。――そう思ったら、胸が痛くて泣きたくなった。

殿下の声音には後悔の響きが入り混じっていて、それ以上を問うことを拒否している。

私の中には、それを突き崩すような強い感情も、殿下の後悔をはらすような言葉もない。

だから代わりに、ちょっと笑って言った。

「随分と広い籠ですね」

私一人の為に大げさです、とも付け加えた。

「…………君は、おもしろいな」

くつくつと殿下は喉の奥から笑いを漏らす。

「それ、褒め言葉じゃないですよね？」

「いや、褒め言葉だよ。……おもしろい。君のような女を私は他に知らない」

「どうせ子供です」

「いや……君は大人だよ。……少なくとも、記憶を失くした後の君は」


息が止まるかと思った。


「どうした？」

「……いいえ。びっくりしました」

「何が？」

「………記憶を失くす前のことを、私はあんまり覚えていませんから。大人だって言われてもよくわからないです」

あー、心臓ばくばく言ってる。

殿下、気付いたのかな――――そんなわけないか。

今、全身でびっくりした。

「実のところ、私は記憶を失くす前の君のことをあまり知らない。報告は聞いていたが、直接接することはあまりなかった」

「なぜですか？」

「…………自分の罪を思い知らされるからだ」

「私を見ると？」

「ああ」

「何かしたんですか？」

「……何も。何もしなかった」

それこそが、私の罪だ、と殿下は言う。

「君が人形になったのは、私の責任だ」

殿下は何をご存知なんだろうか？

知りたい、と思い、けれど、聞くのは怖い気もした。

「どういう意味ですか？」

前からそれを告げようという心づもりがあったのか、殿下はあっさりと口を開く。

「君が後宮にいた時、私は何もしなかった。無関心だったと言っても良い。私が気付いた時にはもう君は、笑いもしなければほとんどしゃべりもしない人形になっていた」

「……何歳くらいの時ですか？」

「君が八歳の誕生日を迎える少し前だったか……母上のところに用事で行った時に君がい

て、一言も話さず、私と視線も合わせないことに初めて気が付いた」

「……八歳、ですか……」

人形と言われるほど心を閉ざしてしまったのは、後宮にいた時なんだ……てっきり、乳母が死んだ時なのかと思っていた。

「それまでは気付かなかった。……私は、幼児に特別な感情をもつ嗜好はない。何よりも忙しかった。あの当時は大学にも通っていたし、西の方でシュトナック銅山を巡ってのシュイラムとの小競り合いも続いていた。君に関心を払う余裕がなかった」

殿下は隣国の一つ、シュイラムとの一連の戦いで武名をあげた。

西方師団と国境警備隊から成る急拵えの混成部隊約三千で、シュイラム正規軍一万五千の大軍をイドラック平原で撃破したのだ。

シュイラムでは、殿下は『黒太子』とか『黒の魔王』なんて呼ばれているらしい。殿下の鎧が黒を基調にしているからなんだろうけど、彼らはよほど恐ろしい思いをしたんだなあと思う。だって、『魔王』って異名はちょっとすごい。

「それが、普通だと思います」

国境で戦をしていたのだ。そんな非常時に、妃とはいえ幼児を相手にしている暇がなかったことは容易に想像がつく。

「だが、私の怠慢だ。……たとえ、政略であろうとも君は私の妃であり、私が守らねばならなかった。エルゼヴェルトとの関係が微妙なものであり、公爵が強く出られない以上、私以外に君を守る人間はいなかったのに」

私がそれを怠ったせいで、君は感情をなくした、と殿下は言った。淡々とした表情だったが、殿下がそのことに痛みを覚えているのだとわかった。

「すぐに取り戻そうと思ったが、君に執着していた父上が後宮から出すことを認めなくてね……仕方がないので、搦め手で手を回し、公妾の話が持ち上がるように仕組んだ」

え、殿下すごい！　その話は、殿下が自分で仕組んだことだったんだ。

「それを理由にやっとこちらに引き取った……直後のティレーザ事件のせいで父上は後宮に戻せと騒いだが、代わりに塀を高くしてあんな鳥籠のような宮に造りかえることで、やっと黙らせたのだ」

籠は、中に閉じ込めるだけのものではない。

――籠の中のものを守ること。

それもまた、籠の役目だ。

「………殿下」

その呼びかけに、空気が色を変える。

私の言葉を聞き逃すまいとするかのように、殿下が姿勢を正した。

私は上体を起こすようにして殿下の顔を覗き込む。

まるで、そのままキスでもするかのような近さで、互いの瞳を見つめ合う。

どこか緊張するような様子の殿下に、私は微笑んだ。

「私は、殿下が良いと言うまで籠の中にいます」

「………………っ！」

大丈夫。私は臆病だからちょうどいいです、と言うと、殿下は大きく見開いた目をしばたたかせ、くっくっくと喉の奥でこらえきれぬように笑った。

……真面目に言ったのに。

つい恨みがましい眼差しを向けると、殿下はなおも笑みを重ねて言った。

「君は、本当におもしろい」

言っておくけど、ここ、笑うとこじゃないですから。

初めて見る王都アル・グレアの下町の一角は、光に溢れていた。
「すごい……」
こちらに来て、こんなにも明るい夜をはじめて見た。
どこからこんなに人がわいてるの？　っていうくらい人がいる。夜の新宿もかくや……

というような光・光・光……ランプの光ってもっと弱々しいものだと思っていたけれど、こちらの器具はあちらとは違うのかもしれない。まるで電気と見紛うばかりの光量で、夜をまばゆく照らし出す。

「このあたりはユトリア地区と言う。基本、国軍か王宮の人間相手の商売が盛んな地区だ。飲食業が特に多い。王宮や兵舎にも格安の食堂はあるが、味はそれほどでもないからな。このあたりの飲食店では、それらの食堂の代金に少し足したくらいでなかなかうまいものが食べられる」

「殿下もこういうところで召し上がったことが？」

「ああ、何度か……まあ、私も携帯糧食だけで暮らしているわけではない」

私は思わず疑いの眼差しを向けてしまう。

「なんだ、疑っているのか？」

「初めてディナーに誘われて、将官用の携帯糧食を出されましたから！」

口を尖らせる。これは言わば初デートの時のディナーが乾パンと缶詰めだったようなものではないだろうか。コンビニ弁当ですらない。

（まだ食べてないけど！　これから食べる場所を探すんだけど！）

「……そうだな、実は試したようなところもある」

「試す？」

「君がどういう反応を示すか、だ」

「？？？？？」

「晩餐に携帯糧食を出して怒りもせず、呆れもせず、媚びもしなかった女は君だけだ、アルティィリエ」

「いつも、そんなことをしているんですか？　殿下」

「まあ、概ね」

どんな顔でそんなことを言っているのかと思って体勢を変えて殿下の顔を覗き込むようにすると、殿下は口元だけでにやりと笑う。

とてもリラックスしている様子で、何だか私も楽しくなってきた。

「ああ、ここでは、『殿下』と呼びかけないように」

「では、何とお呼びすれば？」

「私の名はナディルだよ、アルティィリエ」

「ナディル様？」

「ああ。男でナディルという名前は珍しくない……特に私が立太子した後は」

殿下にあやかって名付けた親が多いということなんだろう、きっと。

「君のことは……そうだな、ルティアと呼ぼうか」

さすがに名が、ナディルとアルティィリエではすぐにバレてしまうだろう。

ただでさえ、王家の人間の肖像は市中にいやというほど出回っている。

王都の観光土産用に肖像画カードや複製画などをはじめとして、絵皿やら絵付きのカップやらが売り出されているからだ。

私と殿下のものは結構人気があるらしい。いくつか見せてもらったけれど、中にはわりと似ているものもあって、大量生産の土産物といってもなかなかあなどれない。

「ティーエと呼ばれるのは苦手だろう？」

「……はい」

ナディル殿下をのぞけば、国王陛下と王妃殿下くらいしか呼ばない呼び名だけど、ティーエと呼ばれる中に含まれる甘さが苦手だった。どうしてかはわからないけれど……それは、アルティリエの心に深く刻まれたものなのだろう。

「……ずっと嫌っているのを知っていて呼んでいた。ティーエと呼ぶと、君はほんの少しだけ眉をひそめる。本当にそれくらいしか、反応しなかったから」

「………………」

なんだろう。なんかすごくそこ、突っ込みたいような。

「何かな？　その眼差しは」

「いいえ。でん……いえ、ナディル様は意外に子供じみたところがおありですのね」

（幼稚園児の好きな子イジメとか、そういうのと同じレベルの何かを感じるよ）

「そう言われるのは、不本意だ」

殿下がちょっとだけ苦い顔をされる。

「事実ですから」

私はさらりと言った。

夜の街の光と熱気と喧騒の中で、私は改めて殿下のことを考えていた。

私の夫。ナディル・エセルバート＝ディア＝ディール＝ヴェラ＝ダーディエという人のことを。

：幕間：　師団長と副官

「団長、あんたまた、料理人いびり出しましたねっ!?」

昼下がりの執務室におなじみの怒声が響く。

俺の書記を務めていた部下は、それをすべて聞き終わらぬうちに即座に逃げ出した。

相変わらず逃げ足だけはピカイチだ。

「いやぁ、いびり出してなんかいないって。ただ、ちーっと手を出しちまっただけで」

「宿舎の食堂の専属料理人より腕がいいなんてどこの師団の師団長様ですか。そんなの恐れ多くて逃げ出すに決まってるでしょう、まったく。……そりゃウマイもん食えりゃあ嬉しいですけど、あんたが毎日俺達にメシ作るってわけにはいかんでしょうが」

アリスティア＝ヴィ＝ラゼス＝エッセルヴィード……俺の副官であるステイが、ため息混じりにぼやく。

「いやぁ、俺はそれでもいいいんだけどよ」

「よくねーよ。あんた、団長の仕事あんだろ」

ステイが真顔で言った。確かにな。でも、別にさぼってないぞ。

「あんた、なんで料理なんか趣味にしてんですか」

「そりゃあ、部下を操縦すんには胃袋摑むのが一番だからだろ」

まあ、俺の食い意地が張ってるだけって言えばそれまでだが。

でもバカにしたもんでもないぞ。うまいもの食わせてやれば、みな、訓練でも何でも励むからな。胃袋摑むってのはなかなか良い手だし、わりと万能だ。特に男には。

「あんた、そもそもれっきとした王子様でしょうが……」

「おう。王子だぞ」

俺は思いっきり胸を張った。


俺はこのダーディニアの第二王子である。王子には見えないとよく言われる。

フルネームは、アルフレート・ヴィルヘルム＝ディア＝ディール＝ダーディエ。

母は、第一王妃ユーリア。同母の兄は王太子ナディル、妹がアリエノールで弟はシオン。兄弟仲は極めて良好だ。異母の弟妹もいるが、そちらはあまり関わりがないので省略しておく。

宮廷序列で言うならば、両親と王太子である兄とその妃に次ぐ五番目。つまり、上から数えた方が早い高位王族だ。

だが、初対面の人間は俺が王子だと言うとまず信じない。

いかにも王族的な容姿と物腰を持つ兄や弟妹を先に知っていると、余計に信じられないらしい。俺は兄弟達とあまり似ていないからだ。

隔世遺伝とやらで父方の祖父に似ているらしく、確かに肖像画の間にある先代国王の肖像は俺そっくりで気持ちが悪い。

じいさんは俺にそっくりだなと言ったら、「あなたが祖父王にそっくりなんですよ、アル」と弟に憐れみの表情で言われた。まったく小生意気な弟だ。


「ちゃんと適当にやってるって」

「……ちゃんと適当って矛盾してるだろうが」

「いいんだよ。……それにしても、逃げることねーよな。三日くらいは普通にメシ作ってたんだぜ、一緒に」

なのに、四日目には夜逃げしやがった、あの料理人。

「そりゃあ、あんたが王子で師団長だって知ったからでしょうが……」

「別に王子だからって、とって食いやしねえっての」

「あんた、王子としては規格外もいいとこっすからね。まあ、だから俺にこんな口利かせたままでいるんでしょうけど」

普通、王子様をあんた呼ばわりしたら不敬罪ですよ、とステイが言う。おまえに貴方とか殿下とか呼ばれても気持ち悪いだけだと言ったら、当然だと笑われた。

実際、呼び方なんてどうでもいい。俺を呼んでいることがわかれば別に問題ない。

それに、こいつは別に俺を舐めてあんた呼ばわりしているわけじゃなく、こいつにとってはそれが普通なだけだ。敬意がないわけではない。

それがわかってるから気にならない。

「別に口の利き方なんて、公の場でだけ改めてくれればどうでもいいさ」

俺もそんなに褒められたもんじゃない。昔、家庭教師のじじいには一言しゃべるごとに突っ込み入れられて、一言も口を利かなかった時期もある。

「あんたのそういうとこ、俺らにはいいんですけどね……。でも、よく王宮でやってこれましたね」

「……兄上がいたからな。事あるごとにかばってもらってた」

三歳年上の兄は俺とは正反対の頭脳明晰な人で、幼い頃からとても寛容で、かつ下の弟妹たちに優しかった。

授業ブッちぎって抜け出したことを礼儀作法の教師が父上にチクりやがった時も、母上の女官にバッタ袋……文字通りバッタが山ほど入った紙袋……をプレゼントして後宮中大騒ぎになった時も、庭の池でおたまじゃくし育てておそろしい音量のカエルの合唱団をグロス単位でつくっちまった時も、全部、兄上が上手く始末してくれた。

授業ブッちぎったのはじじいの授業があんまりにも退屈で仕方なかったからだし、バッタ袋は……庭でたくさん集めたバッタは俺の宝物で、俺としてはいつも優しく接してくれるその女官に宝物をプレゼントしたつもりだったのだ。

おたまじゃくしもそう。あれがカエルになるとは知らなかったから、あちらこちらの池や噴水などから集めてきて大事に隠していたのだ。成長した後は恐ろしい目に遭ったが。

（いや、一番恐ろしかったのは、兄上があのカエルを処理した方法か……）

兄上は、カエルの合唱団をユトリア地区の食肉業者に引き取らせたのだ――――食材として。

あの見た目さえ思い出さなければ、淡白でクセのないカエルは食材としてなかなか人気がある。そして、引き取られた食材は兄上の命で味付き干し肉にされて軍の携帯糧食の中に入れられた。

俺は知らなかったから食えた。

弟は知っていたから食えなかった。

兄上は知っていても食えた。

……俺と弟は、一生この兄に敵わない。

いや、敵わなくていい。幼心に絶対にこの人だけは敵に回してはならないと思った。

そんなこともあり、俺は未だに兄上に頭があがらない。

今は国教会で大司教の位に在る弟のシオンも、北公グラーシェスの嫡孫の妃となった妹のアリエノールもそれは一緒だ。

たった三歳年上なだけのあの兄は、癇癪もちでどこか危ういところのある父王やどこまでいっても王妃としての顔しか持たない母妃に代わり、俺達弟妹の保護者で在り続けた。

今でも事あるごとに思う。

兄上がいなければ、俺達はきっとまともに育たなかっただろう。

「王太子殿下があんたをかばった？」

「そう。……あの人、小せえ頃からあの通りの人だからな。頭はいい、口は回る、外面完璧！」

「外面完璧って……本当は性格悪いんっすか？　王太子殿下」

「悪いに決まってんだろ。一流の政治家が性格良くてやってられっかよ」

「まあ、そりゃあ、そうですね。何せ海千山千の化け物達相手にしながら国政を動かすんですから……」

「あの人の場合は、その化け物すらコキ使ってるよ」

『一流の政治家は、性格が悪い』逆を返して言うならば、『性格が良い人は、一流の政治家たりえない』。

これ、俺の持論。俺は、いわゆる良い人って奴は、良い政治家になれないと思っている。

極端な例を挙げると、良い人は、「一人を見捨てれば百人を助けられる」場面でその一人を見捨てることができない。その一人を救おうとして、結局はそれ以上の犠牲を払うハメになる。

そういう意味で言えば、兄上はこの国で一、二を争うほど性格が悪いと言える。

いざという時の判断が非常にシビアで、決して情でブレることがないからだ。

結局のところ政治家ってのは、清濁を併せ呑む事ができ、小を殺して大を生かすことのできる人間でなければまともにやっていけないのだ。

小も大もどちらも生かすなんていうのは、ただの夢想家か博打打ちだ。成功すれば英雄で、失敗すれば極悪人。それでは、一国の政を担う人間にはなれない。

「あのな、覚えてるか？　去年の熱病」

「……はい」

実例を挙げるならば、去年の冬におきた伝染病の処置がわかりやすい。

「兄上がただの良い人だったら、あんなに徹底した隔離政策はとれなかったさ」

「……確かに」

『五日熱』と呼ばれるこの熱病が最初に発生したのは、北西のレサンジュ王国だった。

最初は咳や頭痛の症状が出、次に高熱が出る。やがて食欲が失せ、水すら飲むことができなくなる。そして、熱が出て五日間のうちに約半数の患者が死に至るのだ。
だが、熱の出る五日間を乗り切ることができれば、ほとんど死なない。もし罹患してしまった場合は、何とかこの五日を乗り切ることが唯一の対処法とされている。
五日熱に効くような薬草や処方はまだ不明で、とにかく罹患しないように注意することが一番の特効薬だと言われている。

この熱病がレサンジュで発生したその日のうちに、兄上はレサンジュとの国境を封鎖し、西部国境に隣接する地域すべての移動禁止を布告した。

レサンジュに隣接していたのは、グラーシェス公爵領ネーヴェと王室直轄領ネイシュの二つ。ネイシュの代官は兄上の子飼いで、布告は当然徹底された。

関所の外にテント村を設置し、レサンジュからの旅人をそこに収容した。門は固く閉ざされ、急ぎの公用飛脚であっても書類以外は通ることを許されなかった。

そして兄上は、王都にある大学に医学者や薬学者の派遣を要請し、医療部隊を作ってネイシュに送り込んだ。

予測どおり、テント村ではすぐに五日熱が発生した。医療部隊は、レサンジュを出発した日付順にテントを区分けして隔離し、発病した者は更に隔離された。

徹底できなかったのが、ネーヴェだ。

ネーヴェもまたネイシュと同じようにテント村を作り、熱病にかかった人々に対応していた。運が悪かったのは、この熱病に対してさほど危機感をもっていなかった領主のグラーシェス公爵が、兄上から派遣された医療部隊の輸送に便宜をはからずに到着が遅れていたことと、ネーヴェにグラーシェス公爵家の避寒の別荘があり、そこに公爵家の家族が来ていたことだ。

　彼らは寒空の下で病の身を養うテント村の人々を哀れんだ。特に病人の中に子供がいると聞いた公爵妃は心を痛め、自らの別荘を一時的に病院として提供すると申し出たのだ。

　伝染病であることはすでに布告され、空気によって感染する恐れがあるからこその隔離措置である。移動は望ましくない、と現地の治療にあたっていた医師は反対した。だが、その反対は聞き入れられなかった。

　百二十人にのぼる罹患者とその予備軍である七十名ほどの旅行者とを別荘に移動させ、直後に現地に到着した医療部隊の人間は、その措置に唖然としたという。

　ネーヴェにはすぐに西方師団から二個大隊が派遣され、都市自体を封鎖することになった。兄上は、公爵家の人間の移動も許さなかった。

　だが、一週間もたたぬうちにネーヴェの町には五日熱が蔓延。

　ネーヴェで足止めされた旅行者達や、一時的に病院となった別荘にいた公爵家の使用人やその家族から、町中に広まったのだ。

　ネーヴェにおける最終的な死者の数は、五百二十六人。まだ五歳だった公爵の孫娘の一人もその中に数えられることとなる。だが、二千五百人以上の罹患者を出したことを考えれば死者の数は割合としてだいぶ少ない。

　これは医療部隊の活躍のおかげだ。このことはわが国の大学における医療研究に新たな道を開いたが、それはまた別の話になる。

　医療部隊による隔離政策が徹底されたネイシュにおいて、国境のテント村に留められた約七百名のうち、罹患者の総数は三百名程度。死者は、四十三名だった。

　これはテントが六人用で、細かく区切られた空間を利用して隔離を実施した為、二次感染しにくかったことが最大の原因であると、後に医療部隊のレポートは結論づけている。

　ネイシュのテント村は、一月もしないうちに本来の役目を終えていたが、以後、半年の間はレサンジュからの五日熱の病人が駆け込んでくる医療キャンプとして使われていた。

　レサンジュの国民の一割が犠牲になったと言われる五日熱は、ダーディニアにおいては、西部の一部でほんの少し流行しただけで終わった。

　国境封鎖や移動禁止措置を出した兄は、当初非難された。

　レサンジュ王国からは正式な抗議の使者が来たし、経済活動に影響が出るということで、欲の皮の突っ張った貴族達が御用商人につつかれて兄上に配慮を求めたが、きっぱり撥ね退けられていた。

　一部の貴族は父上を動かそうとしたようだが、そうこうしている間に、大学経由でレサンジュでの惨状が伝えられ、国境のテント村で最初の死者が出たことが伝えられた。

すると、今度は情勢が一変した。非難の論旨も変わった。

国境に留めおいていることすら手温いとする者や隔離した者を犠牲にして自分達だけが助かるのかと国の姿勢を非難する者が出て、社交界を二分する大騒ぎとなった。夜会や晩餐会で場違いな議論が繰り広げられたが、この間、兄上は何も発言しなかった。

一方、グラーシェス公爵妃の優しさは本物だった。

寒空の下、何日もテントで野宿させられている病人を見捨ててはおけぬと思ったのだろう。彼女は常日頃、孤児院に特別の寄付をしているほど子供に対して慈愛深い。それは決して領民に対する人気取りや、世間に対するポーズではなかった。

俺も知っているが、あの温厚で穏やかな気質の老婦人はまったくの善意の人なのだ。腹に一物どころか三物も四物も抱えている夫や、底意地が悪く冷酷な息子とはまったく違う。

だが、その善意からの申し出が、死者を増やしたことは否定できない事実だった。

結果として、誰の判断が正しかったのかは歴然としている。

俺は、正しいとわかっていても、兄上ほど徹底はできない。その結果、どこかの時点で隔離を緩め、熱病を蔓延させていただろう。

兄上は他者にどう思われるかをまったく気にしない。

強い信念と強靭な心……俺は決して兄上に敵わない。

だが、不思議とそれを口惜しく思わないのは、あまりにもレベルが違いすぎて比べる以前の問題だと思っているからだ。

「王太子殿下って、いつも穏やかでお優しい方じゃないっすか」

「優しいのと性格が悪いっていうのは別の話だよ、ステイ。……別に俺は兄上が優しいということを否定しているわけじゃない」

兄上は、常に穏やかでにこやかだ。ほとんどの人間が、『王太子殿下』をそういう人間だと思っている。

下々には格別お優しくていらっしゃる……よくそう言われている。

確かに『王太子殿下』は、優しいのだ。民を守り、民を慈しみ、民を導く……それが己の責務と心得ているからだ。

職務上接する部下達、あるいは、西宮の使用人達は、優しいがやや気難しいところもお有りになる、くらいは言うかもしれない。

大概のことに執着を持つことのない兄上だが、こだわりのあることに関しては妥協を許さない面を見せるからだ。例えばそれは、宮内の静寂を保つことであったり、嗜好品……紅茶や珈琲……を楽しむことだったりする。

兄上の家令であるファーザルト男爵は、宮内の静寂を保つことを己の責務と心得ており、神経質なまでに音をたてないことを使用人達に強制する。そのせいか、西宮の使用人達は、皆、諜報員になれるのではないかと思うほどに気配を殺すことに長けている。筆頭秘書官が生きた死体のような見た目なのも静けさを保つ一助となっているかもしれない。

常日頃側近くで仕える彼らであっても、『王太子殿下』が、優しく思いやり深い人柄であることを疑う者はいないだろう。

だが……。

素の兄上は、ただ優しいだけの人ではない。

優しいだけの兄上しか知らぬのなら、兄上に『個』として認識されていないだけだ。それは無関心であるがゆえの優しさである。

本当の兄上は、他人に厳しく自分には更に厳しい。そして、だからこその優しさをお持ちだ。

そう。兄上は優しい。

繰り返すたびに、頭の中に甦ってくる過去に、思わず涙しそうになるが。

「……表情が、言葉を裏切ってますぜ」

どうやら目が泳いでいたらしい。

「いや、優しいことに間違いはないんだ。ただ、いろいろと苛烈でな……」

「……苛烈？」

兄上をあらわすのに、あまり相応しくない単語であると大概の人間は思うだろう。

だが、同じ戦場に立ったことのある者なら、それほど疑問を抱くことはないだろう。

（ああ、そうか……）

兄上は戦場にいる時のほうが素に近いな、と気付いた。

『個』と認識した者に対してはわりとぞんざいな態度になるが、それこそが特別扱いだ。

「一つだけ教えておいてやる、ステイ。あの人が笑っている時は注意しろ。……素の兄上は滅多に笑わない」

完璧な外面……鉄壁の猫かぶり……シオンがいろいろと言っていたが、素の兄上はどちらかといえば無表情だ。

笑っている時というのは不機嫌の絶頂で、ブチ切れる一歩手前なことが多い。

それを俺たち弟妹はイヤというほどよく知っている。

正直に言おう。何が怖いって、笑っている兄上が一番怖い。

見た目だけはとても爽やかで清々しい笑顔の裏で、実は煮えたぎっている怒りについて考えたら……素手で冬眠明けのクマの前に放り出されるほうがマシだと思う。

「俺が王太子殿下に間近で接することなんて、一生ないでしょうよ」

「いや……今、何か『こと』が起これば動かされるのはウチだから」

「何かキナくさいことでも？」

「……さて……まだ、不確定だな」

副官であろうとも話すことができないことはある。

俺がただの中央師団の師団長であるだけならば問題はないが、俺はまがりなりにも王子であり、それがゆえに手に入る情報も多い。

国内外に火種は幾つかあるが、最大の火種……いや、あれはもはや火種というよりは爆薬に近い……は、兄上の手の中にある。王太子妃アルティリエ……エルゼヴェルトの推定相続人である十二歳の少女。この国で最も厳重に守られている姫君。

今や、その警護体制は、国王である父上以上に厳重だ。

「近衛以外に王太子殿下から直接の指令というと、原因は、籠の中のお姫様ですかい？」

「そっちは直接には……いや、結局のところ、最終的にはすべてそれに行き着くのか……俺にはわからんが」

「この間、エルゼヴェルトの城でしくじったんでしょう？　近衛の連中」

「……らしいな」

アルティリエ姫が二度も生命の危機に陥ったことはすでに王宮の誰もが知るところだ。

確かに場所がエルゼヴェルトの城で、供を王宮のようにべったりと張り付かせるわけにはいかなかったという事情もある。

だが、警護対象を見失い、見つけたときには冬の湖に落ちた後だったなんて、笑えない大失態だ。あれで姫の命が失われでもしていたら何人の首がとんだだろう。

姫が助かったのはひとえに運が良かったからに他ならない。それも、ほとんど奇跡的といえるほどの運の良さだ。

（姫が死んでいたら、泥沼の内乱へ一直線だもんな……）

そんな事は、たいして賢いわけでもない俺ですらわかる。あれが事故だなんて可能性は万に一つもない。

あのお人形のような姫君は、幼い頃より自分が狙われ続けていることを誰よりもよく知っている。そんな子供が、一人で抜け出すことなどありえない以上、攫われて突き落とされたであろうことは明白だ。

事件を知った時の兄上は、本当に恐ろしかった。

「墜落した後から、記憶がないんでしたっけ？　お姫さん」

「……どうやら、そうらしい。まったくの別人のようだと兄上がおっしゃっていた」

そういえば、そう言った時の兄上は何やら奇妙な表情をしていたと思う。

どこかくすぐったいような……何とも不思議な表情だった。

（あんな兄上の顔は初めて見た……）

「それにしてもステイ、おまえ、詳しいなぁ」

もしかして、兄上から直接話を聞いている俺より内情に詳しいんじゃないか？

「情報ってのは、時に剣よりも命を守る刃になりましてね……まあ、あんたにはそんなことまったく関係ないでしょうが」

「悪いが、俺はそっち方面はまったく門外漢だ。そういうのは、兄上に任せている」

　俺がどれだけ足りない頭で考えを巡らせたところで、兄上を超えることはない。ならば、疑問は兄上に問えばいい。これは、俺が考えることを放棄しているわけではなく、単なる分業であり、兄上に対して絶対の信頼があるだけだ。

「あんたって人は……。それで裏切られたらどうすんですか。人間は嘘をつくし、誤魔化すし、都合のいい事実しか口にしない生き物なんっすよ」

「兄上がそうするのなら、それには理由があるからだ。だからまったく問題ない」

「なんですか、その恐ろしいほどの信頼は」

　ステイはあきれ返った表情を向ける。

「なんだろうな……俺達弟妹は、兄上に育てられたようなもんだからかな」

　それぞれに乳母はいたが、そうではない部分……肉親にしか埋められない部分を埋めてくれたのは兄上だ。

「あんたと王太子殿下は、三歳くらいしか違わないでしょう？」

「あー、俺と兄上の三歳は、俺とシオンの三歳とはまったく違うから！」

「何、そこで胸はってんですか」

「事実だ」

あの人が、俺やシオンやアリエノールに気を配り、愛情を注いで導いてくれなければ今の俺達はいない。

だから、俺は決めている。

シオンが神の国の闇を統べてあの人を支えるのだったら、俺は戦場においてあの人の剣になると。

あの人の敵を屠り、あの人の為に闘い、そしていつかあの人の為に死ぬ――ただ一振りの剣として在ろうと。

「兄上は俺の最大の自慢だ」

俺があんまりにもきっぱりと言い切ったので、ステイは深いため息をついた。

「……で、最初に話戻しますけど、メシ係はどうしましょうか？」

「あー、野営中みたいに持ち回りでメシ当番決めて作ればいいんじゃねえの？」

「んな暇あったら、書類の山片付けて、自分の部下の一人もしごくに決まってるじゃないっすか」

その為に兵舎には専属料理人がいるんです!!　と、ステイが呆れた顔をする。

「じゃあ、次を募集すればいいだろ。中央師団の宿舎の料理人だぞ、悪い給料じゃないんだから応募すれば山ほど候補者はくるだろう？」

「うちの宿舎は、料理人に『竜の穴』って言われて恐れられてんですよ」

ステイは唸るように言う。

「なんだ？　それ、団旗にひっかけてんのか？」

ダーディニア王家の紋章は双頭の竜。ゆえに、国軍の六つの師団は竜の紋を掲げる。

「あんたは知らんでしょうが、竜の穴ってのは、『竜の誇り』っていう流行小説の中に出てくる、地獄の猛特訓で剣闘士を養成する武芸集団の養成所のことです」

「それが何でうちの宿舎なんだ？」

国軍中央師団第一宿舎……中央師団の幹部を含めた猛者達がささやかな我が家として生活を営む場だ。ただし、入居できるのは騎士階級以上のみ。一般兵士は第二宿舎に割り振られる。

「あんたのせいです。あんたが味にうるさいから!!　何度も作り直させたりするから、それが地獄の訓練だって！　料理界の『竜の穴』だって言われてんですよ!!」

口を出すくらいならまだしも、作り直しはさせるわ、しまいには手も出すわ、料理人達にとっちゃ毎日が地獄なんですよ!!　自覚しやがれ！　と鼻息荒く言い切られる。

いや、そんなこと言われてもな……。

「俺は別にものすごい美味を要求しているんじゃねえぞ。腐りかけた肉をごまかす為に濃いソースぶっかけたり、ハーブぶちこんで舌を麻痺させて食わせるとかじゃなくて、素材本来の味を生かした、まっとうなもんが食いたいだけだって」

別に斬新な味は求めていない。ただ、普通にうまいもんが食べたいだけだ。

王宮の晩餐会の一流の料理人の味を求めているわけじゃない。あんなの三日で飽きる。

「あー、王太子殿下は、味に文句をつけるのは騎士らしくないと、なんであんたに教えなかったんですかね」

「あの人に食い物の話しても無駄。味オンチじゃねえけど、食えればいいと思ってんだよな。……忙しすぎてまともにメシ食えない人だから」

兄上は俺を動かす最大のキーワードだが、何でも兄上の名前を出せばいいと思うなよ。

「なんっすか、それ」

「公務での晩餐会なんかは最低限口をつけるだけでまともに食わない。そのくせ、メシは三食とも携帯糧食を水か何かで流し込んでおしまい、とか平気でやるから」

「……王子様ってもっと良い物食っててんじゃねえんですか？」

「やろうと思えばいくらでも贅沢はできるけど、あの人、そういうとこ頓着ないからな！　食べるのは純粋に栄養摂取。だから三食全部携帯糧食って生活を一週間続けても平気でいられる。……俺は絶対に嫌だけど」

「三食全部……俺も嫌っすよ」

そんな無味乾燥な食事は、戦場でもない限り御免被る。

けど、兄上はそれをどうとも思わない。

思わないところに、兄上のどこかおかしい根っこが掠ってる。それが何なのか俺にはよくわからないのがもどかしくてならない。

兄上は、立派な人だ――時として、敵からも称賛されるほどに。

けれど、何かがものすごく欠落しているようにも思う。

弟のシオンは俺より頭が良いから相談したことがあるが、三日くらい後に泣きそうな顔で、俺達にはどうにもできないと思うと言ってきた。――真面目すぎるあいつは、何か考えるところがあったのだろう。

王子としての身分を捨てて神学校に入学したのはその直後だった。『俗世のことはあなたにお任せしますよ、アル』と笑った表情は、母上や兄上ととてもよく似ていた。

「兄上の執務室の机の一番下のひきだしにはあっちこっちの部隊の携帯糧食がぎっしりつまってるから、マジで」

これの補充は、兄上の一番下っ端の秘書官が最初に覚える仕事だ。で、半分くらいは俺が集めて提供している。

「見たくないっすよ、んなもん」

「俺も見たくねーよ。人生、食事の回数は決まってんだぜ。できればまずいもんは食いたくないだろうが」

俺は当然の権利を主張しているだけだ。

「男なら、食うもんにうだうだ文句はつけないでおきましょうや」

「バカ、兵士には食いもんくらいしか楽しみねーだろうが。それがまずかったらモチベーションさがるっての」

訓練漬けの兵士にとって、楽しみはそう多くはない。

仲間内でのカードや酒保で支給の酒……それから何といっても三度のメシ！　これに尽きるだろ。

今はもう立場が立場で身分もバレてるからたいしたことはできないが、俺は入団当初、身分を隠していたので、普通に皆に混じってカード遊びもサイコロ賭博もやったし、下町の娼館にも行った。一般の兵士と同じ鍋のものを一緒に食い、同じ樽の麦酒をかっくらって騒いだこともある。

騎士だ何だと言ってても、結局のところ、メシがうまければ大概の不満はおさまる。

大隊長とか中隊長とかやってたころ、俺はよく将校用の携帯糧食の一つであるレバーペーストの瓶詰めとか、ビーフの瓶詰めだとかをくれてやることで、不満を並べ立てる部下の口を封じた。酒保の麦酒や葡萄酒の切符なんかを賄賂にすればその威力は絶大だ。

胃袋を握るってのは、生活に直結しているだけあって、即効性がある。

「とりあえず、次が決まるまでは俺の公邸の召使にでもやらせるか」

「公邸に料理人はいないんですかい？」

「いるけど、いい年齢のおばちゃんでな」

「なるほど」

うちの兵舎は女人禁制だ。基本、兵舎は女の出入りを禁じている。じゃないと、自室に女をツレこむバカがいるからだ。

女が騎士や兵士になれないこともないが、国軍においては近衛にしか存在しない。

「まあとりあえず、今日のところは外に出ようぜ」

「そうですね」

兵舎の敷地を一歩出れば、ユトリア地区……いわゆる下町だ。国軍の兵士相手の商売をしている店が並び、安いメシ屋にも事欠かない。

第二宿舎の食堂の方がもっと近いんだが、第二ってのは騎士にはなれない一般の兵士達の宿舎なんで、俺達が行くと騒ぎになる。奴らもメシくらい上官のいないところで落ち着いて食いたいだろう。

「あー、殿下」

「でんかってなんだよ。変な呼び方すんじゃねーよ」

ステイにそんな風に呼ばれると気色が悪くて背筋がむずむずする。

「すいません、団長……あれ」

ひどく呆けた顔をしていた。

「……あれ？」

俺はステイの視線の方向を見やる。

「……兄上か」

簡素な外套姿の兄上だった。別に兄上が外にいるのは珍しいことではない。時々街におりていろいろと見回っているし、花街に足を踏み入れることがあるのも知っている。

珍しいのは、一人ではないこと――その腕の中に誰か小柄な……たぶん、子供がおさまっていることだ。

「……隠し子ですかい？」

「滅多なこと言うなよ。……兄上はそんなヘマはしない」

子供が何やら兄上の耳元で囁くと、兄上は小さく笑った。

ただ不意にこぼれてしまった……意図せずに浮かべられた小さな笑み。

ほんの一瞬だけのそれ。

俺は一瞬、頭の中が真っ白になった。

きっと腕の中の子供は気付かなかっただろうし、兄上自身も気づいていなかったかもしれない。兄上が本当に笑う表情はかすかなものなのだ。

「じゃあ、あれ、誰です？」

「知らん」

ふつふつと湧き上がるもの……この身の裡に浮かんでくる感情を何と言いあらわせばよかっただろう。

シオンならうまいこと言うのかもしれないが、俺はそれをあらわすのに相応しい言葉を知らなかった。

一番よく似た言葉を選ぶとするならば、それは『歓喜』。

歓喜……あふれんばかりの歓び。どうあらわせばいいのかわからないほどの強い喜び。

(ああ、そうか……)

俺は、兄上が特別な存在を見つけたのが嬉しかった。

常にただ一人高処に在り、俺達では想像もできないような欠落を抱え、孤独の中にいた兄上が、今は一人ではなかった。

(シオンやアリエノールにも教えてやろう)

きっと、あいつらも喜ぶだろう。いや、やきもちをやくかもしれない。

でも、俺達はきっと、あの子供に感謝する。

兄上にあんな笑顔を与えてくれたことに、心からの感謝を捧げるだろう。

ふと、兄上の腕の中の子供が俺達の視線に気付いた。兄上に何かを告げる。

「え、え、え？　こっちに来ますよ、団長」

「ん？　……何か問題か？」

兄上達に複数の影供がついていることを確認して、俺もそちらに足をむける。兄上には護衛がついていないように見えて、必ずついている。どんなお忍びであろうとも、それは徹底されていた。

「兄上」

「どうしてここに？」

「うちの食堂の料理人が逃げ出したもんで、メシを食いに。兄上は？」

「……ピクニック、と言うそうだ。……だったな？」

兄上は腕の中の子供に確認する。こくり、とフードの頭が揺れた。

「ぴくにっく？」

「外で簡易な食事をすることだ」

「簡易な食事？　メシ屋ならそこらにいくらでもありますが……」

「違う。食事も持ってくるのだ」

「持ってくる……？」

子供の手が、外套の隠しからごそごそと取り出したのは……携帯糧食の缶だった。

「…………………」

「…………………」

俺とステイは無言でそれを見た。

それは、どう見ても俺の提供した携帯糧食にしか見えなかった。

「あー、兄上、それはちょっとどうかと思うんですが……」

確かに兄上の定番の夕食はそれなんだけどな……。

「ルティアは気に入ったようだが」

「気に入っていません。思っていたよりはおいしかったですけど！」

鈴を振ったような声とは、こういう声を言うのかもしれない。

細く……でも決して耳障りには聞こえない高音。

「……アルティリエ姫？」

こくり、とフードの頭がうなづく。

なぜ？　と思う一方で、妃なのだからおかしくないとも思う。だが、姫はほとんど口を開かないはずなのに？　とか、そういえば記憶を失くしてから変わったと聞いたなだとか、いろんな情報が頭の中をぐるぐると回る。

「もう、その……夕食は召し上がったのですか？」

携帯糧食を夕食と言うのはやや心理的な抵抗がある。

「はい。そこの公園で」

「……もう少し早くお会いできれば、いい食堂を紹介したんですが……」

「……私とルティアが一緒で、店に入れるはずがなかろう」

王家の人間の肖像は土産物の細密画などで市中にいやというほど出回っていて、広く民の知るところとなっている。まったく似ていない物も数多く存在するから、本来、それほど気にすることもない。俺なんか一月前から伸ばしている髭のせいで、街を歩いていてもほとんど気付かれないくらいだ。

だが、兄上と姫の細密画は、ダントツ一位の売り上げを誇っている。見た目だけなら、どちらもつりあいの取れた美貌の持ち主で、姫が幼いことをのぞけば申し分ない組み合わせだ。髭面の俺と同じように考えたらいけないだろう。

「たしかに、そうかもしれませんね」

「……でしたら、次は屋台がいいです。さっきの公園に屋台がありました」

白いレースの手袋に包まれた小さな手が、きゅっと兄上の服を握る。

「屋台……」

兄上が躊躇っている。

「屋台で買って、あの公園で食べるのです！」

声が弾んでいた。フードをかぶっているのと、暗いので表情はよくわからないが、それでも姫が嬉しそうだということは俺達にもわかった。

「また、連れてきて下さいますか？」

ふわりと笑った気配。

「ああ」

兄上がうなづく。

「ありがとうございます」

姫はぎゅうっと兄上の首にしがみついた。

色気とか媚びとかそういったものとは一切無縁の、とても可愛らしいしぐさだった。

兄上は満足そうに、その背に手をすべらせる。

（うわ……）

なんか、下手なラブシーンよりよほど恥ずかしいと思うのは俺だけか。

いや、別にムラムラくるとかそういうんじゃない。ただ、何かくすぐったいというか、むずがゆいというか……落ち着かない気分にさせられる。

「そろそろ戻ろうか」

「はい」

……いい夫婦なんじゃねえの。

時折、一歳にならない花嫁を腕に抱いて仮の結婚式に臨んだ十五歳の兄上の姿を思い出すことがある。とてもじゃないけれど、まともな関係が築けるとは思えなかった。

そもそも、兄上と姫の結婚は、父上の八つ当たりによる完璧な政略以外の何物でもなかったのだ。だが……目の前の二人の姿は、充分仲睦まじく見える。

「……ああ、アルフレート。明日、私の宮の料理人をおまえの所に差し向ける」

ちょっと足を止めて、兄上は振り向いた。

「へ……？　うちの宿舎にですか？」

「そうだ。少しおまえのところで鍛えてやってくれ」

「……それはかまいませんが……」

竜の穴なんて言われてるくらいだしな！　そんな風に言われているのなら、ちょっと本格的にしごいてもいいかもしれない。

「ナディル様、キリルとネイは、そちらにやらないで下さいね」

「それは誰だ？」

「下働きの子です。私のオーブン職人なんです。……あの子達がいなければ、朝のお菓子が焼けませんし、軽食だって作れません」

姫と兄上の会話に俺は首を傾げる。朝のお菓子？　なんだ、それは。

「ふむ。……では、その二人は君の料理人にするがいい」

「ありがとうございます」

兄上はもう振り向かなかった。

姫は俺達に軽く会釈し、それから小さく手を振った。

その姿が雑踏に消えたところで、ステイが息を吐く。

「なんだ、緊張してたのか？」

「ええ、まあ。……王太子殿下っすからね。……いろいろ言われてますけど、あれ、めっちゃ仲良いんじゃないんですか？」

「悪くないと思うぞ、俺も」

「なんつーか……自然でしたよね、いろいろ」

「そうだな」

二人でいることが自然だった。見栄をはることもなく、殊更緊張しているわけでもない。

特に肩肘張るでもなく、まったくの自然体で……どことなく甘やかな空気があったようにも思える。

「……兄上の護衛にしては人数が多いと思ったが、半分は姫の護衛なら納得だな」

「影供、あんなにつけてるんですか？」

「兄上には二人だけだ。残りは全部、姫だろう」

「……多すぎやしませんか？」

「多すぎるくらいでちょうどいい。……極端なことを言えば、父上の代わりはいるが、姫の代わりはいないのだから」

「キツいっすね、それ」

「事実さ」

玉座には、父上でなくとも兄上がいる。俺やシオンもいる。

だが、エルゼヴェルトの世継ぎは他にいないのだ。


「…………さて、では、はじめようか」

俺はステイを振り向いた。

「何をっすか？」

不思議そうな顔をしている。

「決まっている。屋台の味を調べるんだ」

三日もあればすべての屋台を食べ尽くすことができるだろう。

兄上と姫が城を出る機会などそうそうにあるものではないから、次の機会までにお薦めの店を絞り込むことは可能だ。

「…………あんた、どんだけブラコンなんです」

額を押さえ、唸るような声音でステイが言う。

「何を言う。日頃、携帯糧食ばかりで済ませている兄上なのだ。たまにそれ以外を食べる時に、うまい物を食べてもらいたいと思うのは当然じゃないか」

「…………はい、はい。わかりましたよ。おつきあいしますよ」

まったく、何が言いたいのかわからん奴だ。

一週間後、兄上にお届けしたユトリア地区の屋台マップは、姫に大層喜ばれたらしい。お礼にと届けられた姫のお手製だという胡桃（くるみ）やアーモンドを甘いキャラメルのようなもので固めた菓子はとても美味（びみ）だった。

『一月以内にお召し上がりください』と書かれたカードが添（そ）えられていたことに俺が気付いたのは、全部食い尽くした三日目の午後のことだった。

第六章　羞恥心と後悔と

人間、自分のやっていることってあんまりよくわかっていないことが多いと思う。

夢中だと、周囲が見えなくなっているというか……。

（ううううう……恥ずかしい、何て恥ずかしいんだ、私！）

いや、その……朝、目が覚めた瞬間、昨日のことを思い出したわけです。

ピクニックデートね。そう、あれは紛れもなく『デート』だと思う。

まあ、デートと言うにはいろいろ突っ込みたいところはあるんだけど、それは置いておいて……。


回想。

（う～わ～、う～わ～、う～わ～）

回想。

（ひぃぃぃぃぃ……）

回想。

（！！！！！！！！！）

ベッドの上で転げまわって、危うく落ちそうになった。

それぐらい昨日の私の言動はどうかしてた！

何？　どこの乙女なの？　私。

麻耶の三十三年の人生におけるなけなしの恋愛経験では、まったく想像すらできないべったべたに甘い時間だった。

もう一度言えって言われたら羞恥心で悶え死にできそうな言葉を口にしてたりするし！

回想するだけで、ジタバタする。平静でいられない。

何が一番恥ずかしいって……結局、私、ほとんど自分で歩いてないんですよ。

衆人環視の街中で、ずーっと抱っこですよ。

足が地面に着いたの、公園でごはん食べるのにおろしてもらった時だけだから！

「どうかいたしましたか？」

思い出すたびにおとなしく座っていられなくなるので、リリアに不審げな眼差しで見られた。

「……ちょっと、昨日のことを思い出すと平静でいられなくて……」

だって、恥ずかしすぎる!!

『携帯糧食はあまりおいしくはないですけど、殿下と一緒だからちょっとだけおいしかったです』とか真顔で言ってるんだよ、私。ありえない、ありえない、あーりーえーなーいー。

「ものすごく挙動不審ですよ、妃殿下」

「……ごめん、今日は一日ムリかも」

「明日には復活してくださいね。明日の午後は王妃殿下のお茶会ですから」

「……はい」

……なんか、朝からものすごい疲れた。

なんなんだろうね、このいてもたってもいられない恥ずかしさって。

でもね、でもね、殿下の方がずーっと恥ずかしいこと言ってると思うの。

壊してしまいそう(以下略)なあたりなんて、もう一度聞いたら羞恥心でいたたまれなくなる。

なのに王子様な殿下は、それがまったく違和感がない。本人は特に疑問を感じていないと思う。そういう言動がすごく板についているから。

……昨日の私はどうかしてたんです。きっと。

「妃殿下、本日のお茶菓子はどうなさいますか？」

「……簡単にガレットを作っていこうと思います」

日課となった朝のお茶に、私が軽食を持ち込むのももうお決まりのルーティーンで、餌付け作戦はきわめて順調に進んでいる。

何と、殿下はちゃんと私が持参したお菓子とそうでないものの区別がつくの！　素晴らしい。殿下は別に味オンチというわけではなくて、拘らないだけなのだ。

「ガレット、ですか？」

「はい。ジュリアの故郷である南部では一般的な食べ物なんですよね？」

「そうです。ジャムをかけるとおやつになって、卵や前の晩の残りの塩漬け肉とかを添えると軽食になります。おかあ……母が作ってくれたガレットが私は大好きでした。うちは専属の料理人がいないので、家の中の大半を取り仕切っているばあやが休んでしまうと母が手ずから料理するしかないんです」

そんな母親の得意料理が、蕎麦粉でつくるガレットなのだとジュリアは言う。

ダーディニアの南部地方では、蕎麦は小麦よりも多く作られているらしい。ジュリア曰く、いろいろな蕎麦料理があって、蕎麦がきのようなものもあるという。でも、いわゆる蕎麦切り――――あちらの世界の蕎麦のような食べ物は見たことがないという。

なので、『いつかダーディニアに普及させたい食べ物リスト』の上位に蕎麦は赤字でいれてある。

不動の一位は、チョコレートだけど！

原材料のカカオはまだ影(かげ)も形も見たことないけど！

「ジュリアのお母さんのものとはちょっと違うかもしれませんが……軽食になるガレットを作ります」

ジュリアのおかげで、私は国内で蕎麦が生産されていることを知り、蕎麦粉を手に入れることもできた。クレープがすでにどこかで発明されているかまでは知らないけれど、そのうちクレープも作るつもり。

なぜ今回はクレープじゃなくてガレットなのか……それは、ガレットの方が甘味(あまみ)を減らすことができるからだ。

（単なる菓子、というのではなく軽食……食事だという認識(にんしき)を植えつけたい）

「……火の準備はできていますか？」

「はい」

ミレディがばっちりです、と笑う。

ふふふ、作業部屋には新たに導入された秘密兵器があるのです。

暖炉(だんろ)のない部屋ではどうやって室内を暖めるのか……それを考えたことが、この秘密兵器発見のきっかけ。

こちらでは、暖炉の無い部屋では暖房器具としてストーブを使っている。最近は油を利用するものもできているらしいけれど、主流は炭火だ。

（炭を使っているなら、七輪や火鉢みたいなものがこの国にあるんじゃないかしら？）

そういうものがないかと一生懸命説明したら、アリスが、夜会などで使われる簡易調理器具があると教えてくれた。

それが、『焜炉』だ。

形状や使い方はまさに七輪そのもので、それほど高価なものでもない。竈の使えない家庭では、これ一つで煮炊きを済ませる家もあるという。

「ちょうどいい感じですね」

いい感じに炭が熾っている。

そこに鉄製のフライパンをのせて温め、バターを落とした。

そして、あらかじめ篩いにかけ、混ぜておいたガレットの生地を薄く延ばす。ガレットは片面しか焼かない。その上に具をのせて焼いて、四方を折ってほぼ正方形状にし、それをフォークとナイフで食べる。

でも、今回は一応、名目としてはお茶菓子なので手でも食べられるように一工夫。

小さめに生地を焼き、具をのせる。具は、チーズと生ハム&チーズとじゃがいも&チーズのみの三種類。

普通のガレットと同じように三方を折ったところで、半分に折って最後の一方で蓋をする。具をくるっと包み込む形状にするの。そうすると食べやすい。

「なんか、あんまりお菓子っぽくないですね」

「それが狙いです」

「狙い？」

「うまくいったら皆にも教えます。……うまくいかなかったら恥ずかしいからダメ」

これはね、殿下に私が作った朝ご飯を食べてもらうための布石なのだ。

これまでは、殿下の宮の料理人が首になったらいけないと思っていたので遠慮していたけど、殿下は料理人を弟のアル殿下のところに派遣したのでその必要がなくなった。

（料理人がいないうちに、このお茶の時間を『朝食』の時間にしてしまいたい）

ほとんど朝食同然だったけれど、それを完全に朝食にしてしまいたい。そのうえで、私と朝食をとることが当たり前なのだと殿下に認識してもらえたら……と思っている。

（毎朝、朝食を一緒にって、すごく夫婦らしいよね！）

「妃殿下、樹蜜の瓶はここに入れますよ」

「ありがとう、リリア」

チーズだけのものは、樹蜜をかけて食べる予定。

「……あ、これはちょっと破れましたね。どうぞ食べて下さい」

生地が破れてしまったものは、皆の試食用に提供する。

茹でたじゃがいもは少し潰してクリームと塩コショウで味付けしてある。ハムチーズは、ハムの塩味とチーズの濃厚な風味の絶妙なハーモニーがたまらない。

こちらの世界では、すべてが手仕事で丁寧に生産されているせいなのか、一つ一つの素材の味がしっかりしている。

「……おいもが、クリームみたいな味がします。すごくおいしい。この味、大好きです」

「当たりです。クリームが入ってます。それを裏ごししてなめらかにしたものに牛乳を加えて味をととのえると、じゃがいものポタージュにもなります。あとで、レシピをつくりましょう」

料理ってまったく同じ材料から、別なものができるから不思議。レシピをまとめていると特にそう思う。

こちらにはお料理本とかレシピ本が存在していない。

料理のコツとか味付けのコツとかそういうものは料理人の間での秘伝扱いなのだ。そんな大げさな……と思ったけど、レシピ本がないのならそれも当然の話かもしれない。

ちなみに貴婦人は厨房に入らない。だが、料理知識がないわけではない。というよりは、料理は貴婦人の必須の教養だ。料理をまったく知らない人間に晩餐を整えることはできない。おいしい料理を夫に提供できることは、妻に高い付加価値をつけるのだ。

五年前に結婚したアリエノール王女は、降嫁にあたり、王宮で名人と言われた料理人を二人連れていったという。名高い料理人を連れて結婚する貴族のご令嬢の話は珍しくない。料理人を連れて嫁入りできるような身分ではない侍女のアリスとジュリアは、私が教えたレシピをもってお嫁に行くと言っていて、何か作るたびに自分たちでそれをまとめている。持参金にも匹敵するような大切な財産になるのだとか。

「残りの生地は、自由に使っていいです。換気を忘れないで。寒いからって閉めっぱなしはダメです」

炭火は一酸化炭素中毒が怖いからね。


「妃殿下、お供します」

「ありがとう」

騎士達が護衛につくのは当然だけど、リリアもいつも供をしてくれる。

私が殿下とお茶をしている間、余ったお菓子や軽食をネタに王太子宮の女官といろいろ情報交換をしているらしい。

「妃殿下、そういえば、エルゼヴェルト公爵が昨夜遅くに王都のお屋敷に入られたそうですよ」

「公爵が？　なぜ？」

「本日伺候なさる予定ですので、理由はすぐにわかるかと思います」

「何か、聞いている？」

「いえ。特別な事件があったとは聞いておりませんし、手続きも通常どおりですから特に急ぎの用事があるわけではないようです」

「そう……何でもないのならいいけど」

　冬というのは、ほとんどの貴族が自領で過ごす時期である。この季節、彼らは自領の内政に目を配り、時折は近隣の諸侯と語らって狩りなどの社交を楽しみながら過ごす。

　王都に残っているのは、領地を持たない官僚貴族でなければ、閣僚か軍人のどちらかで、四大公爵の一人がわざわざこの時期に王都にやってくるというのは、よほどの何かがあるのだと勘ぐられてもおかしくない。

「何か問題が発生したのならばもっと大騒ぎになっていますし……ご心配なら、殿下にお伺いになったら良いと思いますよ」

「ああ……そうですね」

　殿下なら何でも知ってそう。……っていうか、知っていると思う。

　そう思ったら、何か安心できた。きっとそれが露骨に出ていたんだろう。

「妃殿下が、殿下を頼りになさっているようで何よりです」

「だって、ナディル殿下なら何があっても悪いようにはしないもの」

「信頼されてらっしゃるのですね」

「ええ」

殿下の何もかも全部を知っているわけではない。けれど、公正な方なのだと思う。

不思議なのは、あれだけ明確に己の意思を持っているのに、自分のことになると途端に疎かになるところだ。

（なんだろうな……何かがこう、ひっかかっているんだけど……）

わかりそうでわからなくてもやもやしている。

（……別に自分をないがしろにしているというわけではないんだけど）

でも、それに近いものを感じる。

（殿下ほど自分という存在を完璧に制御している人は珍しいと思うんだよね）

制御……コントロール、それから、プロデュース。

みんながみんな、口を揃えて「優しい」とか「慈愛深い」とか言うのは、殿下がそういう面を強く意識して表に出しているからだ。

人は誰でもいろいろな面を持つ。外に見せている面というのは、自分がそう見せたいと努力している部分だ。自分の意図通りに皆が見てくれるかどうかはともかくとして、よく見てもらいたいっていう努力くらいは誰でもするでしょう？　殿下のはそれの完璧版だ。

それがわかってからは殿下のことが恐くなくなったし、いろいろ知るにつれて、信じられる人だとも思っている。

そういう風に自分をコントロールしている人って、ナルシシズムに満ち溢れている人が多いんだけど、殿下はナルシストではない。これ、気付いた時には結構な驚きだった。

むしろ、殿下にはナルシシズムの源となるべき『私』の部分がないように思える。

（殿下には特別な何かってあるのかな？）

例えば自分のことを考えたとき、私がお菓子作りや料理に熱心になるのは、あちらでの記憶に密接に関わっているからだと思う。あちらでの自分をなかったことにしたくないから……だから、強くこだわる。

お菓子を作ったり料理をしたりすることが、自分のアイデンティティーの一部みたいなところがあると思う。

殿下にはそういうものがあるのかなって考えた時、何も思いつくものがなかった。

忙しくてそれどころではないのかもしれないけれど、特別な趣味はなさそうだし……絵画や音楽に造詣は深いけれど、陛下のようにそれに耽溺されているわけではない。

かといって、仕事が大好きでどうしようもないっていう風でもないの。

（あー、でも、弟殿下のことはかなり好きだよね）

昨夜会った時、楽しそうだった。

アルフレート殿下は小さい頃、虫が好きでバッタを集めたり、セミのぬけがらを集めたり、カエルの卵を集めたりして、後宮中を恐怖に陥れていたのだと教えてくれた。

殿下がそういう昔の話をしてくれることが、素直に嬉しい。

(もっと、ご自分のこともお話しして下さればいいのに……)

殿下は弟殿下や妹姫のお話はするけれど、ほとんどご自分の話をしないのだ。

(よし、今日は何か一つ、殿下の昔の話を聞き出そう)

自分が、殿下のことばかり考えていることに、この時の私はまだ気付いていなかった。


「おはようございます、殿下」

「おはよう、ルティア」

ちょっとだけ、殿下が眉をひそめる。

(あれ、不機嫌になった?)

私は軽く首を傾げた。挨拶の前までは普通に見えたけど……あれ?

私の挨拶がおかしかったのだろうか?

「……今日は、何だ?」

もういつも通りのナディル殿下だ。

「ガレットです」

「……ディリウムで食べたかもしれない」

ディリウムというのは、南方最大の都市で南公たるアラハン公爵家の本拠地だ。

「あ、そちらの方のお菓子です。お菓子というより軽食風に作ってみました」

甘いものはそれほど好まれないでしょう？　と言うと、意外そうな顔でうなづかれた。

「……私は、そんなに単純なのだろうか？」

「おっしゃっている意味がよくわかりませんが」

私は首を傾げた。ナディル殿下が単純だなんていったら、世の中単純な人しかいなくなっちゃうよ。言葉を飾らずに言えば、殿下はすごく難しいし、面倒くさい部類だと思います。……口には出さないけど。

「君は、私のことをよくわかっているように思う……」

なんだ、そんなこと。

「そんなによくわかっているわけではないです。でも、わかっていることも少しはあります」

「なぜ？」

「……だって、いつも見ていますから」

自然、にっこりと笑みが浮かぶ。

殿下はそれほどおしゃべりな方ではない。だけどちゃんと見ていれば、わかることはたくさんあるのだ。

例えば、元が左利きなこと……フォークとナイフを時々、逆に持ったまま普通に使っているし、サインをするときも時々左でしている。

「……確かに菓子は苦手だが、君の作るものは悪くない」

「ありがとうございます」

殿下がなぜ私の作ったものがわかるのか……それはたぶん甘さの違い。

殿下が甘いものがそれほど得意でないことはすぐにわかった。最初のお茶の時のアップルパイで変な顔をしていたから。確かにあれはかなり甘かった。蜂蜜たっぷりだったし。

だから、最初に殿下に焼いたクッキーは甘さ控えめにした。

次のパンケーキサンドのカスタードクリームも、甘さ控えめの上にお酒をほんのりきかせた。

それが大丈夫そうだったから、次のブランデーケーキは遠慮なくお酒をたっぷり使って焼いた。その食べっぷりから、かなり好みの味だということを知った。

何もしてないように見えていたかもしれないけれど、リサーチは怠ってませんでした。

最近は、殿下が安心して口に運んでくれているってちゃんと知っています。

「これも、なかなかだ」

「ありがとうございます。……甘い方もなかなかですよ。樹蜜とチーズ味です」

面と向かって褒められるのは嬉しいけれど、ちょっと照れくさい。

餌付けできた喜びというか……いや、なんだろう。とにかく、嬉しい。

「樹蜜とチーズは合うのか？」

「このチーズは、そちらのハムや芋の中に入っているチーズと違ってクリーム分が多く、まろやかなチーズなので合うんです」

いわば、クリームチーズ。クリームチーズって蜂蜜かけたり、ジャムと一緒にすくって食べるだけでおいしいと思う。クリームチーズがなかったらヨーグルトでもいい。ヨーグルトは水切りするとまろやかなクリームチーズにすごく近いものになる。

チーズケーキ系は、かなり殿下の好まれる味だと睨んでいるのだ。

「殿下は、小さい頃から甘いものはあまり？」

「いや……そういうわけでもない。……シオンほどではないが、それなりに食べていた」

ふーん。やっぱり、大人になると味覚が変わるのかな。

「ギッティス大司教は、甘いものがとてもお好きだそうですね。リリアから聞きました」

「ああ。……君が私の妃でなければ求婚すると言っていた」

「そんなにお好きなんですか？　お菓子」

「……そのようだ」

殿下が小さく笑う。

「どうかなさいました？」

「いや。別に……何も」

どこか満足げな笑み。……今の会話のどこに殿下が笑みを見せる要因があったのかさっぱりわからない。

「この後、時間はとれるか？」

「はい」

私には『やらなければいけないこと』が基本的にない。

強いて言うならば、危険に近づかず、安全な場所で守られることが仕事みたいなもの。

あとは、自身の意志一つで、勉強するも怠惰にだらけるも自由なのだ。だいたいは、書斎で本を読んだり、作業室でお菓子作ったり、レシピをまとめたり、庭のハーブガーデンを見に行ったりしている。

「エルゼヴェルト公爵の拝謁を受ける。同席するといい」

「はい。……あの、何かあったのですか？」

「いや。格別のことはない。献上したいものがあるとは聞いているが……」

「献上？」

「君に差し出したいものがあるということだ」

「私に？」

「そうだ。……いつも私のところで受け取って確認してから、君のところに渡している。

たまには一緒に受け取ってもいいだろう。公爵自ら参上するのも珍しい」

おいで、と手を伸ばされ、おとなしく抱きかかえられていつもの居間を出る。

廊下ですれ違う人たちは、皆、足を止めて慌てて頭を下げる。

皆なんでそんなに驚愕の眼差しを私達に向けているんだろうとのんきに考えていた私は、たぶん、頭の中の回路が何本か切れていたのだ。

暗くもなければ、強制連行でもない……抱きかかえられる必然性が何一つ無く、なのに抱っこされて移動することに、何の疑問も抱かなかった自分を激しく問い詰めたいと思ったのは、勿論、後の話だ。

「殿下、ならびに妃殿下におかれましては、ご機嫌麗しく恐悦至極に存じます」
「麗しくなどない。……が、わざわざこの時期に公爵が足を運んだのだ、顔くらい見せねばなるまい」
（なんか、不穏な空気が流れてるのは気のせいじゃないよね）
拝謁を受けたのは、殿下が私的なお客様と会う時に使うという王太子宮の居間だ。毎回思うけれど、『私的』って言葉の使い方間違っているよ、こっちの人たち。……この間、私が陛下に帰還の挨拶をさせていただいた部屋よりは狭いと思うけれど、ホール並みの広さがあることに変わりはないから。

その天井が高くて広い室内に、神経がちりちりするような、思わず逃げ出したくなるような空気が満ちている。

(公爵と殿下がここまで仲が悪いなんて知らなかったよ、リリア)

つい、心の中でリリアにグチってしまう。いや、もしかしてリリアにとってはあまりにも当たり前の事実だから言わなかっただけかも。

私はレースの扇で口元を隠すと見せかけ、小さくため息をつく。

彫刻と宝石とで飾られた椅子は私にはまだ大きくて、クッションが三つもいれられている。そのせいで座り心地はいいけれど、居心地はまったくよくない。

「先ほどまではルティアと二人、朝のティータイムを楽しんでいたのだがね」

いかにも邪魔されたと言わんばかりの態度で殿下が脚を組む。

これがイヤってくらい様になっている。あの、爽やかでありながらさりげなく尊大な王子様バージョンに変貌してるんじゃなければ、ちょっと見惚れてしまったかも。

私はもう一度扇の陰でため息をつく。

だが、公爵もさるもので、殿下の嫌味成分過多な言葉をあっさりとスルーして、にこやかな笑顔で私に向き直った。

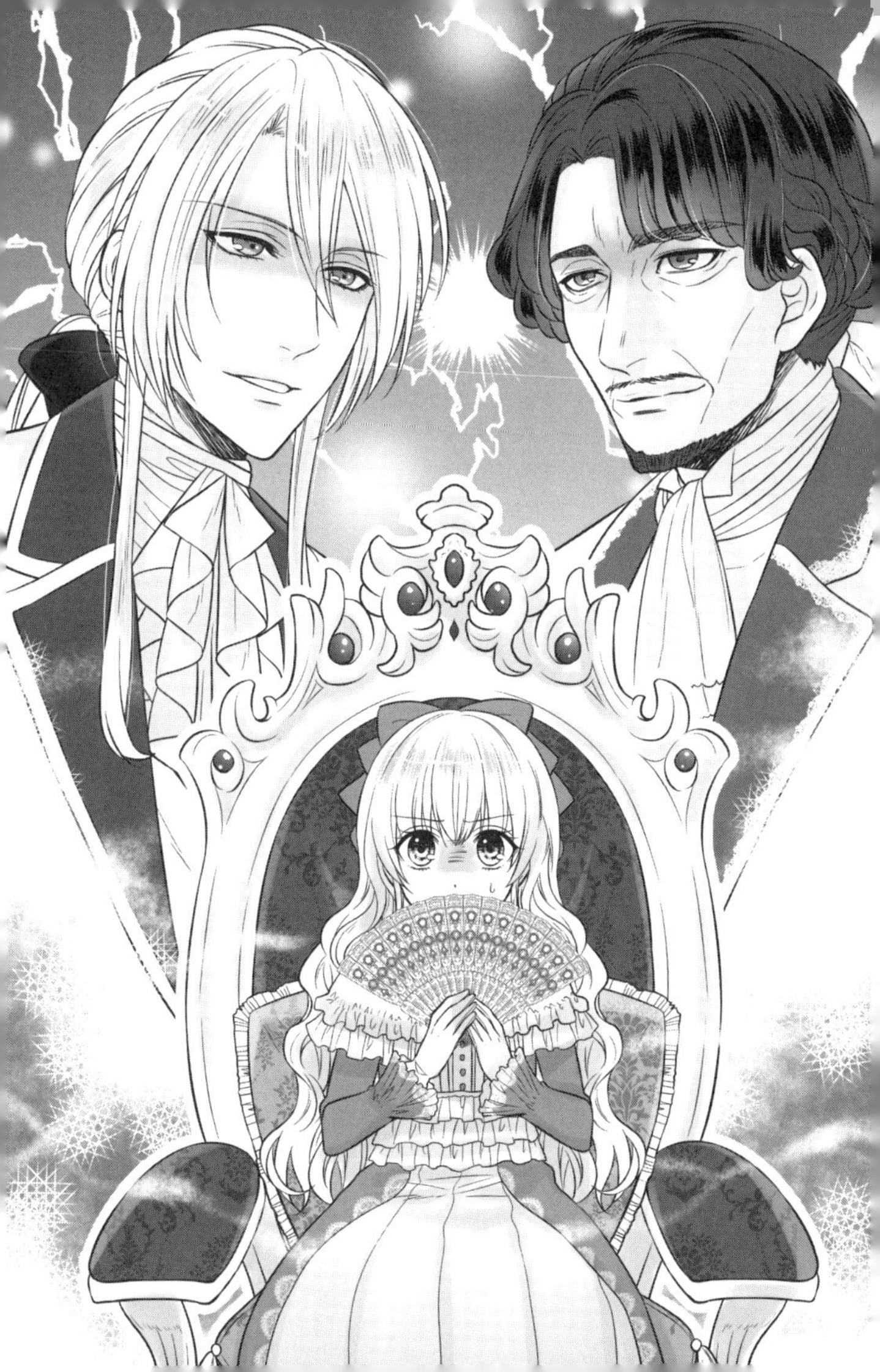

エルゼヴェルトで別れた時に比べると、だいぶ顔色も良いようだ。

「妃殿下が、滞在中に召し上がった当家の菓子を気に入ったと伺いました」

「……はい」

え、もしかして、お義兄さんが伝えてくれたのだろうか？　それで、わざわざもって来てくれたの？　うわー、すごい仕事早いよ、お義兄さん。

もしかしたら、早馬とかで伝えてくれたのかもしれない。そう思ったら少し申し訳ない気がした。

「その思し召しを有り難く思いまして……妃殿下がお好きな時に召し上がれるように、職人を連れてまいりました」

（へ……？）

言われた意味がよくわからない。なんで、職人さんを連れてくるの？　この場で作るとかそういう意味？

「それは感心なことだな……良かったな、ルティア」

「……え、はい」

殿下がにこやかにおっしゃるから、思わずうなづいてしまった。

殿下がそう言うからには良いことなんだろうけど、意味がわからない。

「つきましては、妃殿下の宮に厨房を復活させたく思います」

「……それは、困難な話だな」

「殿下にも異存のない話であると思っておりますが……」

「確かに吝かではない」

そのもってまわったような言い方やめようよ。

なんで厨房？　いったい何の話してるの？

「だが問題は、工事の人間一人一人を選別できるかだ」

「それは私の方で行います。決して、妃殿下を危険に晒すような真似は致しません」

「エルゼヴェルトにとっても、ルティアがかけがえのない存在であることはわかっている。……だが、そなたの言葉を疑うわけではないが、ルティアが狙われたのはそなたの居城での出来事だ」

「お言葉ですが殿下、護衛の不甲斐なさのせいでもあります。これまで、我らは妃殿下の側近くに寄ることを許されていなかった。我が城中と言えど、側近くに護衛を配せなければ手抜かりもございます」

「今も許したつもりはない」

えっと……。ごめんなさい。私、話にまったくついていけていません。

この人達、いったい何を話しているの？　私には全然わからない。

「失礼ながら殿下、殿下にお許しをいただく必要はないかと。許す、許さぬはすべて妃殿下の御心一つであると心得ておりますので」

慇懃無礼なまでの丁寧な口調。笑みを浮かべる公爵に、殿下は口元を皮肉げに歪める。

「だ、そうだ。ルティア、いかがする」

「……いかがも何も、全然わかりません」

なんか軽くムカついてます。二人で私を置き去りにして何の話しているんですか！

関係ない話ならいいですよ。でも、すごく私に関係している話のようなのに。

公爵がどこか驚いた表情でこちらを見ているけれど、私はそれを気にせずスルーした。

公爵の内心を慮るよりももっと大事なことがあったからだ。

「お菓子をいただける話じゃなかったんですか？　それがなぜ職人さんの話になって、厨房の話になって、この間の事故の話になるんですか？」

「公爵は君の望んだ菓子を作った職人を君にくれるというのだよ。だが、職人だけもらっても肝心の菓子を作る場所がないので、新たに厨房も一緒に建てて献上するそうだ」

丁寧な解説、ありがとうございます。と、言いたいところだけど、それ違うから！

「私はもう一度お菓子を食べたいとは申し上げましたけれど、職人さんが欲しいとか、厨房が欲しいとは一言も言ってません！」

そんなおねだり、これっぽっちもした覚えがないです。まったく。

そりゃあ、厨房はすごく欲しいですけれど。

「何か問題が？」

「妃殿下、何か気になることがお有りですか？」

殿下と公爵が不思議そうに私に問う。

（だめだ、この人たち……）

いや、諦めたらダメだよ。私はおかしくない。……たぶん。

お菓子がもう一度食べたいっていうのはそういう意味ではないはずだ。

「……もしかして、お菓子が食べたいというのは、そのお菓子職人さんを下さいって意味になるんですか？」

そういう意味だったら、申し訳ないことをしてしまったと思う。

「いいや」

「とんでもありません」

二人はあっさりきっぱり否定した。

「じゃあ、なぜ、そういうお話になるんですか？」

二人がサラウンドで答えた。

「エルゼヴェルトの人間が君のものになることに何の問題がある」

「当家の人間が妃殿下にお仕えするのは当然のことです」

うわ、同じような表情で同じようなこと言ってるよ、この人たち。

もしや、同類なの？　仲が悪いのは、同類嫌悪なの？　もしかして。

「だから、私はお菓子が食べたかっただけで、職人さんが欲しいとは言ってません！」

もう一回食べたいと思っただけで、どうしてこうなるの。

「……もしや、妃殿下にはまだ当家の誠意を信じていただけていないのでしょうか」

（うわぁ……そう切り返すんだ。いやだな、この話の流れ）

公爵は目を伏せて諦観の表情を形作る。ポーズだというのはわかっている。わかってい
ても、私はそれをただのポーズだとあっさり切り捨てることができない。

「誠意ね。そなたの口からそんな言葉を聞こうとは……」

くつくつと殿下が嘲けるように笑う。

殿下、そうしているとものすごい悪人っぽいです。いや、悪人では安っぽすぎるか
ら……雰囲気としては、魔王かな、うん。

皆に退かれますよ、きっと。

「少なくとも、私は妃殿下に対して誰よりも誠実でありたいと思っております。……妃殿
下が近頃、菓子を作るのに興味をお持ちであること、その上でいろいろと不自由しておら
れることをお伺いし、できる限りのことをさせていただきたいと思ったのです」

それで職人と厨房を献上ですか？　大貴族の当主が考えていることってわからないよ。

わからないけど、でも、ここで丸め込まれたらダメな気がする。

「ですが、妃殿下が当家の出す菓子職人を信じられぬとおおせであれば、それは致し方ございませぬ。それも臣の不徳の致すところ……」

「そういうことではないです」

信じる信じないじゃないから。論点ズレてるから。

「妃殿下……」

「記憶のないルティアにそのように言うものではない、東公」

公爵が何か言いかけたところに、冷ややかな笑みを浮かべた殿下が静かに口を開く。

（うわ、機嫌悪そう……）

哀しいことに、殿下が私を助けるためだけにそう言ってくれたとはまったく思えない。

（程よいところで公爵を庇わなければ……）

さっきまでは公爵にちょっと嫌味を言うだけだったようなのに、理由はわからないものの、今は正真正銘不機嫌になっている。

「ルティアは判断の基準とすべき記憶がない。それをいいことに付け入るような真似をしてほしくはない」

「そのようなつもりは毛頭ありませぬ」

「……ではなぜ『現在』を選ぶ。これまでいくらでも機会はあったであろうよ。記憶がなければ己の所業が許されるとでも思ったか？　自分がルティアに何をしたか、胸に手をあてて考えるが良い」

公爵の何がここまで殿下の怒りに触れたのかわからなかったけれど、殿下は静かに……でも、間違いなく怒っていた。

激昂することなく冷静なままであることが、より、怒りの深さを思わせる。

「思い出せぬか？　ルティアが生まれた夜、おまえが『何だ娘か』と口にしたことを。三歳の娘が病の床で父親に会いたがった時、あの女が妊娠しているからと無視したことは？　乳母のマレーネ夫人が亡くなりルティアが一人になった時に何をした？　何もしなかったであろう……おまえが忘れても、ルティアが忘れても、私は忘れぬよ」

「殿下……」

私は殿下のことが心配になった。公爵を責めているその言葉が、なぜか殿下ご自身を傷つけているように思えたから。

「誠意……そなたは、エフィニアと結婚する時にもそう言ったのだ」

冷たく言い放つ。

エフィニア……それは、十七歳で亡くなった私の母の名だ。

「……殿下、もういいです」

「ルティア」

意外そうな顔で、殿下と……そして、公爵が私を見る。

私はそっと隣の椅子の肘にかけられた殿下の腕に触れて、殿下に笑いかける。

「私は、もし、あの時のお菓子が今此処にあったら喜んでいただきます。あのお菓子は、とてもおいしかった……ぜひ殿下と一緒にいただきたいと思うから」

おいしいものは、好きな人と一緒に食べるともっとおいしいと思う。

「君は、彼を許すのか」

「許すとか、許さないとかではありません。……殿下、私は覚えていない。公爵が父であることはそう聞いたから知っています。……ですが正直、実感はないのです」

私は、彼を知らない。

彼を知っていた私は、それを忘れてしまったから。

「忘れるということは、死よりももっと酷いことなのだそうです……」

本当の死は肉体の死によって訪れるものではなく、すべての人の記憶から忘れ去られた時に訪れるのだと、誰かが言っていた。

「記憶がある限り、その人は心の中で生きている。……記憶とは、そういうものなんだそうです。私はそれを失いました。それは、その時に私は一度死んだということではないかと思うのです」

殿下は、私の顔をまじまじと見つめた。

（ああ、そうか……）

自分で言っていて、何となくわかった気がした。

「母の話を聞いて、私は泣きそうになりました。私が公爵を許しては母が浮かばれないと思ったからです。でも、そんな風に思う必要はなかった。だって、覚えていないのですから」

誰かの詩に、死ぬことよりも忘れられることの方が哀(あわ)れだという一節があった。

確かにその通りだ。

「殿下、私と公爵は血がつながっています。親子なのだと言われていますし、それを疑ったりはしません。……でも、私がこの先、公爵を『お父様』と呼ぶことがあったとしても、それはただの呼び方であり、そこに家族を呼ぶ愛おしさはありません。……私達はもう二度と、家族にはなれないのです」

彼の子供である記憶を、私は持たない。

それは、公爵にとってどんなに酷い仕打ちであることか。

「なぜ?」

「私はあの時、殿下のことも忘れましたけれど……殿下とは、まだ短い期間ではありますが、新しくいろいろな思い出を重ねてきました」

違いますか？　という風に軽く首を傾げる。

「……いや、違わない」

「そういう記憶があるから……大切な時間を一緒に重ねているから、私と殿下は家族になれると……いいえ、家族なのだと思うのです。……血がつながっているだけでは、家族であるとは言えないのです」

麻耶は早くに家族をなくしたけれど、決して一人ぼっちではなかった。

知人は多かったし、友人だっていた。薄っぺらいつきあいばかりではなく、ちゃんと人間関係を築いていたと思う。淋しいと思うことはあったけれど、それは誰も居ない淋しさではなく、亡くしてしまった淋しさであり、思い出すがゆえの淋しさだった。

（父さんと母さんが麻耶を愛していたことを、私は知っているから……）

だから、ある意味天涯孤独のような身の上であっても、本当の意味では違っていたのだと、今ならわかる。

「私と公爵は、残念ながら『家族』という形で時間を重ねることはもうないでしょう。私は私の父であった公爵を覚えておらず、今はもう、私の家族は殿下だけなのですから……。公爵には、それをとても申し訳なく思います」

ごめんなさい。そう言いたい気持ちを押し留める。私が私である限り、彼はもう二度と娘を取り戻すことができない。

エルゼヴェルト公爵は私をまっすぐ見つめる。私はそれをまっすぐ受け止めた。

不思議なくらいに心の中は静かだった。

「……父であったことなどなければ、忘れるような思い出すらもなかった」

殿下が不機嫌な声音で言い切る。この後に及んでまだ機嫌悪いですか。しょうがない人だなぁと思い、何だかおかしな気分にもなる。

可愛いとすら思えるこの心境はどういうものなんだろうか。

「私の記憶はあの冬の湖で失われてしまいました。今、ここにいる私は、公爵に対して特に他意はありません。だから、すべてはこれからです。……私は、公爵の好意を嬉しく思います」

「……妃殿下」

今、自分がちょっとずるいこと言っているってわかってます。

この論法でいくと公爵は今後も私に好意を示し続けなければならない。

「この一件は殿下のよろしいようになさって下さい」

詳しい事はよくわからないのであとはお任せします。と告げて殿下に丸投げした。

私に受け取る気はない。けれど、そうはならないのだろうという気もする。たぶん、何かの思惑があって、それは私の関知しない理由があるようだから。

いや、厨房が手に入るのは嬉しいいし、腕の良い職人さんも大歓迎だ。

でも……何度も言うようだけど、私が欲しかったのはお菓子だから！

（……今度から、発言には気をつけよう）

お菓子が欲しいの一言が、こんな風に発展するなんて夢にも思わなかったよ。

私はいったいどこで何を間違ったんだろう。

誰か教えてほしい。


「……ルティア」

公爵と殿下は、また再びちくちくと嫌味の応酬をして、結局、厨房は新たに建築ではなく改装ということが決定した。

前に厨房だった部屋を改装するだけならばそれほど大掛かりにならず、工夫の数も少なくて済む。工夫は公爵が厳選に厳選を重ね、作業期間中、殿下の宮の使用人の部屋に泊まり込み、できる限り短期間で終了させることで決着した。

その間は、更に護衛を増やすらしい。戻ってきてから二回くらい増やしたのに！　これ以上護衛を増やしてどうするんだと思ったけど、ややこしくなるから言わなかった。

お菓子職人さんについては、もう一度本人の意思を改めて確認した上で、本人が希望すれば勤務するということになった。私の宮に勤めるというのは、日常生活が厳しい監視の目に晒されるということだ。それを理解していないとやっていけない。

何かあった場合、公爵が責任をとると決まり、ようやく殿下も納得した。

「ルティア」

（まったく……）

ちょっと精神的に疲れた。

改めて思ったのは、私の母の一件というのは、知らぬところで深く影を落としているのだということ。そのうち、誰かにちゃんと聞きたいと思う。……できれば王宮の人でもエルゼヴェルトの人でもない人に。

「ルティア？」

「はい？」

名を呼ばれていることに気付いてはっとする。

「……怒っているのか？」

「私が、ですか？」

怒っていたのは殿下ですよね？　と言って小さく首を傾げる。

「私は……別に怒ってはいない」

嘘をつけ。

「でも、機嫌が悪かったです」

「それは……私があの男を嫌いだからだ」

「それだけですか？」

「ああ」

まあ、それならそれでもいいですけど。

「……少し、腹が立ちました」

殿下が私をまじまじと見る。

「だって、お二人がとっても仲が良いものですから」

にっこりと私は笑った。そりゃあもうここぞとばかりの満面の笑みで。

「……仲など良くない」

「こういう時は、『ケンカするほど仲が良い』って言うんですよ、殿下」

「良くない！」

「隠さなくてもいいです」

「隠してなどいないっ！」

あ、珍しい。殿下がムキになっている。

「私のわからない会話をなさったり、腹芸なさったりしてらっしゃるから、妬きました」

「君が妬くようなことは何もない。今までも、そしてこれからも、絶対に！　だ!!」

殿下が力いっぱい宣言する。

「そういうことにしておいてさしあげます」

殿下が絶句する。あまり追い詰めると殿下は逆切れしそうだ。その場合、絶対に恐ろしいことになると思ったので、私は更に笑みを重ねて言った。

「新しい厨房が出来たら、朝食はできるだけご一緒しましょうね」

まずは朝食からです。ここではあえて『朝食』を強調しておく。ちなみに、その際の朝食は、私が用意すること決定で！　殿下側が用意したらまたあの缶が出てくるかもしれないし。

私は殿下と「今日の朝食は北方師団の携帯糧食ですね」とか「南部のものは干し肉の味付けが甘いですね」とかそんな会話を交わすようにはなりたくない。

殿下はいろいろ言いたそうだったが、結局、口に出したのは一言だけ。

「……問題ない」

私は、今日得た成果にとても満足した。

第七章　後宮でのお茶会

　ダーディニアの王宮は、別名を白月宮と言う。規模は拡張されているものの、建国時よりその場所は変わらない。

　天にある二つの月の名が、白月と蒼月。そこからとった名で、王都の王宮が白月宮。東部の王室直轄領アル・エーデルドにある離宮を蒼月宮という。

　どちらも、アルセイ＝ネイという放浪の天才建築家の設計によるものだ。

　ネイが活躍したのはおよそ六百年前。十二代国王ファリス一世の時代で、華やかなりし黄金の時代と史書に書かれている平和な時代だ。ファリス一世が在位している間、ダーディニアは一度も他国と戦をすることがなかった。

　そのため、各地で建築ブームがおこり、王宮をはじめとし、幾つかの建物が今も残っている。

　ネイが設計した建築物は、建築主にすら知らされぬ謎が隠されていると言われていて、そのほとんどが遺跡として封印されている。

彼の設計した建物を王宮としているのは大陸広しといえどダーディニアだけで、王宮の一角には建物を研究している学者達が住んでいるそうだ。

「すごいね、これが六百年も前の建物だなんて信じられない」

「そうですか？　地下部分はもっと古いらしいですよ。……統一帝國以前の遺跡の上に建っていますから」

「統一帝國以前というと……えーと、約六百年＋八百年で最低でも千四百年以上前か……そんな古いのに崩れないの？」

私はざっと頭の中で計算する。歴史は結構得意。書斎にも本がいっぱいあるし、アルティリエがかなり勉強していたのでいろいろ思い出すことも多い。

「崩れないみたいです。まあ、地下は立ち入り禁止ですけど」

「え、そうなの？」

「地下第一層は普通に使っていますが、第二層以下は立ち入り禁止です。下にいけばいくほど、まるで迷宮のようになっているそうですよ」

「迷宮……」

なんだかワクワクする響き！　迷子常習犯の私にはどこだって迷路みたいなものだから一人で踏み込もうとは思わないけど。

だって、王宮の広さを考えたら……生命に関わりそうな気がするよ。

「昔、シオン様が迷い込んで大騒ぎになりましたから……妃殿下は気を付けて下さいね」

「大丈夫。そんなとこ行く用事ないし……行くなら殿下に連れて行ってもらうから」

「それがよろしゅうございます」

　リリアがにっこり笑う。その笑みに生温かいものを感じるのは気のせいにしておく。

「正宮と後宮が、アルセイ＝ネイの建築なんだよね？」

「はい。本宮には、未だに再現することのできない技術が数多く使われています。王妃様のお庭の噴水もその一つです。ぜひ、よく見てきて下さい」

「へえ……」

　このアルセイ＝ネイの建築した部分だけを私達は本宮と呼んでいる。

　正宮は国の政庁としての公的なスペース。俗に文武百官と言われる役人や軍人のえらい人たちが仕事をしている。王家が主催するさまざまな催しや式典等の行われる大広間や国賓の為の宿舎なども附随している。

　一方、後宮は王家の私的な居住スペースだ。こちらには、陛下のプライベートな書斎や寝室、王妃様やその他の妃嬪や幼い子供達の部屋などがある。……現在ダーディニア王室で最も幼いのは私なので、後宮にはもう子供はいない。

　この正宮と後宮が『本宮』と呼ばれる部分だ。

　私と殿下が暮らしている西宮から、正宮を挟んでその対面にある東宮は、かなり後世の建築になる。

東宮には、王子宮・王女宮がある。ダーディニアでは王位継承権が高い王子王女は、自分の兄……もしくは姉が即位するまでは臣籍に降下しない。成人儀礼が済むと王太子以外は後宮からこの東宮に移り、王族として生活する。

ナディル殿下の実弟であるアルフレート殿下もこちらに宮を持っているけれど、普段は中央師団の宿舎か公邸にいらっしゃることが多く、東宮の現在の主人は、第二王妃の双子の子供達だ。今日のお茶会には、現在、東宮に住んでいる双子の片割れであるナディア王女が参加することになっている。

「リリア、ここはなぜ廊下なのに暖かいの？」

「それもネイのからくりの一つです。あまり知られていないことなんですが、地下に温泉があって、それを汲み上げて王宮中に巡らせていると言われています」

（地下に温泉って、どこかに火山があるんだ。へー。まあ、六百年大丈夫ってことは、休火山なんだろうな）

地下温泉を汲み上げたセントラルヒーティングって、すごいな。

六百年も昔にそんなシステムが作られたことがものすごく不思議だ。

勿論、私の知っているセントラルヒーティングとは違うだろうけど、原理や仕組みというのはあんまり変わらないと思う。現代日本でそういうものがいつ頃できたのかわからないけれど、ダーディニアの他の技術レベルと比べるとセントラルヒーティングのシステムというのは特別進んだ技術に思える。……しかも六百年前だよ？

セントラルヒーティングがあるなら、もっと他のものがあってもおかしくないと思うんだけど。……石油ストーブとか、車とか鉄道とか……。個人的には氷で冷やすのではない冷蔵庫とか。

（こっちって石油がないのかな？　……いや、だとすると照明用ランプや最新型ストーブのあの液体は何なんだろう？）

確かに石油系にありがちな匂いはしなかった。あれ……アルコールランプのアルコールって石油原料じゃないんだっけ？　物理とか化学とかはまったくわからない。完全に文系だったから！　こんなことになるならもうちょっとちゃんと勉強しておくべきだった。

ダーディニアの技術……ひいては、こちらの世界の技術レベルというものを未だにはかりかねているのは、元々、そういう分野の知識が乏しいということが一番の原因だ。

焜炉の時に、こういうものないかなって説明するのもそこですごく苦労した。

「なぜ、私の宮にはそういう便利なものがないの？　私のお風呂は温泉じゃないよね？」

だって王太子妃宮は暖炉やストーブがないと寒いし、寝室の隣の浴室に備え付けられている猫足の可愛いバスタブは、皆が一生懸命お湯を運んでくれて初めて使えるものだ。

「仕組みがわからないわけではないんです。学者達はその仕組みをほぼ解明しているそうなので。ですが、それを再現するとなると十年以上の歳月と莫大なお金がかかるとか」

「へえ」

「それに、こちらの宮はまだいいです。水が中まで来ていますもの」

「どういう意味？」

「厨房や洗濯室には水を汲むポンプがありますし、水洗室もあるじゃないですか……だから、トイレも最新式なんですよ」

水洗室というのは、水を汲む部屋。水道はないけど、手押しポンプでギコギコすると水が汲める。

トイレは壁に沿って設置された貯水槽に水を溜めておくことで、あちらの世界でいう水洗トイレと同じ機能が使える。便器は陶製で、これがトイレか……って見るたびにため息ものの装飾がされてるけど。

エルゼヴェルトのお城は、見た目は普通に腰掛式便器だったけど貯水槽がなくて、そのまま地下を流れている水に流すようになっていた。うまく流れない時は備え付けの水甕から水を汲んで流すようになっている。その排水の行き着く先は農場だって聞いた。

ミレディに聞いたら、王宮も一緒で、王宮のそういう汚水は御用農場の奥にある処理場に辿り着くんだって。

王都全体でもやはり幾つかそういう処理場があって、その周辺は必ず大規模農場になっているんだとか。うまくリサイクルしてるみたい。

「ふーん。……ねえ、六百年前にはできたのに、どうして今は難しいの？　それとも、六百年前はそれ以上の時間とお金をかけたの？」

「いいえ。ネイの失われた技術があれば簡単らしいんですが……」

「失われた技術か……」

　失われた技術って何かロマンの響きがある。えーと……なんか、アトランティスとか古代文明とかって聞いてわくわくしていた子供の頃を思い出すみたいな、そういう感じしない？　世界七不思議とか……オーパーツとか。

「夏はどうするの？　温泉めぐらせてると暑くない？」

「夏は水に切り替えるんですよ。だから、逆に涼しいです」

「それは羨ましい。……というか、リリア、すごく詳しくない？」

　リリアは何でも詳しいけど、これはちょっと詳しすぎるよね。

「専任の研究チームがあるので研究が進んでいますし、王宮の図書館には資料が豊富にあるんです」

「………ほんとにそれだけ？」

　別に突っ込んだわけじゃない。ただ、それだけでこんなに詳しくなるものかなって思っただけで。そうしたら、リリアは困ったような苦笑いのような表情で言った。

「シオン様の代わりに、ネイの建築についてレポートを書いたことがあるので」

「大司教は、神学校に行かれたんじゃないの？　神学校でも建築を学んだりするの？」

「正教の総本山……ファルシウス大聖堂もネイの建築ですし、聖堂建築の基本様式を定めたのはネイであると言われています。ネイと正教は縁が深いのです」

「へえ。……リリアは、神学校にもご一緒したの？」

「まさか。……シオン様が神学校に入ることが決まった後もしばらく後宮におりました。でも、主がおらねばすべてが無意味です。それで実家に戻りましたところ、シオン様から、泣き付く手紙と資料が早馬で送りつけられてきて……」

　思わずふきだした。

　リリアもギッティス大司教には甘いんだね。送りつけられた資料にしたがってせっせと書いてあげたりしちゃったんだ。

「ねえ、今度、ギッティス大司教にお会いしたいわ。いろいろお話を聞きたい」

　リリアの小さな頃の話とか聞いてみたい。

「機会がございましたら……。シオン様も妃殿下にお目にかかりたがっておりますよ。目当てはお菓子ですけど」

「じゃあ、今度、お茶にお招きするわ。……王太子殿下に申し上げて」

「そうですね。その時は、アルフレート様もご一緒の方がよろしいでしょう」

「第二王子殿下も？　なぜ？」

「……シオン様だけだと暴走しますから」

「暴走？」

「お子様なんです」

リリアがにっこり笑った。

……今、ちょっと怖かったよ。だから、それには詳しくは突っ込まないことにする。

君子危うきに近寄らずって言うもの。


後宮最奥の第一王妃殿下の私的な居間は、むせかえるような花の香りに満ちていた。

明るい日差しの差し込む室内は、まるで温室であるかのようにそこかしこに色鮮やかな美しい花々が溢れている。

「ティーエ、よく来ましたね」

部屋に溢れるどの花よりも美しい微笑みの女性……第一王妃ユーリア殿下。

この方が二十七歳になる王太子殿下の母であるとはとても思えない。

下手したら王太子殿下と夫婦だと言っても通じる。この間、殿下にぽろっとそう漏らしたら、絶句して凍りついてしまった。

本気でイヤだったらしく、例のにこやかでありながら大変裏のありそうな微笑み全開でせまられて、二度と言わないと誓わされた。時々すごく大人げないと思う。……わりとそういうところも嫌いではないけれど。

殿下は、たぶんご両親があまりお好きではないのだ。微妙な事柄だから、はっきりと言うことは避けるけど。

（四十八歳だっけ？　四十九歳だっけ？）

近くで見ても破綻がない美貌の人だった。

王家とか大貴族が美形揃いなのは珍しいことではない。美貌と評判の女性を妻にすることが多く、美形の遺伝子を重ねていくわけだから、美しいことが当たり前になる。

でも、王妃殿下はただ顔形が美しいだけでなく……常にスポットライトを浴びているみたいに視線が引き寄せられる。オーラが出てるっていうのかな、こういうの。

私の顔も美貌で知られたお母様にそっくりですっごく可愛いと思うけど、毎日見ていると何とも思わなくなるもんだよね。……自分の顔だし。

殿下の顔もそう。殿下もすごい美形だと思うけど、見慣れてきたせいか、今はそれほど意識することがない。王子様オーラきらきらだと思わず視線が向いてしまうのに、ドキドキはあんまりしないのだ。慣れってすごい。

「お招き、ありがとうございます」

そっとスカートをつまんで一礼する。

今日は、正装のガウン姿。濃紫のベルベットを基調に、白のレースを贅沢に使ってる。ツインテールにした髪のリボンにさりげなく王太子殿下の禁色を使っているのがポイントなのだと、ジュリアとアリスに力説された。

「これを」

女官に手土産の真っ白な蘭の花束を手渡すと、彼女はマジマジと私の顔を見つめた。

（？？？？？）

首を傾げると、あわてて女官は花束を受け取って一礼する。

（もしかして、人形姫ぶりっこをするべきだった？　……でも、少しずつ変えていくつもりだから、これでいいということにしよう）

お茶会には何か手土産を持参するのが暗黙の了解になっている。

『王妃の微笑』の別名を持つこの白い蘭は、香りがそれほどきつくなく形がとても華やかだ。見た目は、小さくて真っ白なカトレアという感じ。ある種の毒物の検出にも使える不思議な花なんだって。トキシン……つまり、生物毒に反応すると花びらの色が紫になるんだそう。

これは王太子殿下が持っていくように、と届けて寄越したものをそのまま持ってきた。

予定ではお菓子を焼くつもりだった。でも、殿下とリリアに猛反対されたの。とかく食べ物というのは問題をひきおこしやすい。毒でも仕込まれたら事だし、そうでなくとも悪用されることがあるのだ、と。

（……本当は）

殿下とリリアの二人ともが私にそんなことを言うのは、初めから何かされる可能性が高いと思っているからだと思った。

リリアは材料の保管の時からそうだったけれど、お菓子を誰かに贈るということにとても神経を使う。西宮内で食べる分には問題ないし、ちゃんと信頼できる人に直接渡す分にはいいけれど、途中で他者の手を通ったらどうなるかわからないって言うの。

ちょっと神経質かなって思うけど、思うなりの理由というか根拠があるのだろう。だから、それを全面的に受け入れている。

「さあ、堅苦しい挨拶はもうよくてよ。こちらへいらっしゃいな」

王妃殿下にそっと背を押される。私はこくりとうなづいた。

室内には、第二王妃のアルジェナ妃と娘のナディア王女がすでにいらっしゃった。

「お待たせしました」

そっと二人に目礼する。

それだけで、アルジェナ妃殿下とナディア王女は目を見張った。

その驚愕っぷりに既視感。ちょっと前まではよく見ていた表情だ。

（……しゃべりすぎないように気をつけないと）

西宮の人たちはもうすっかり慣れたみたいだけど、他の人はそうじゃない。

前とは違うことは印象づけたいけれど、油断させるためにもあまり変わっているところを見せないってリリアと打ち合わせたのだ。……加減がすごく難しい。

「皆様お揃いですわね、ちょうど良かった」

「焼きたてですのよ」

側妃であるアリアーナ妃とネイシア妃がワゴンを運んでくる。

どうやら、お二人が給仕もしてくれるらしい。

「たまには女官なしで内輪だけでお話ししたいですものね」

ユーリア王妃殿下がチャーミングなウインクをする。

皆の間にふわりと笑みが漏れた。

普通に接した場合、ユーリア妃殿下はすごく魅力的な方だ。

柔らかな笑み、穏やかな物腰、それから、人の気を逸らさない語り口……大臣達の誰もが一目置くという思慮深さ……この方の美貌というのは、生来のものよりも自身で得たものの方が大きいのだと思う。

顔立ちだけで言うのならば、アルジェナ妃殿下の方が美しい。でも、目を離せないのはユーリア妃殿下の方だ。初めて会った時から怖いと思っている私でも、つい王妃殿下に見惚れてしまう。

「ティーエ、エルゼヴェルトでは大層怖い思いをしたそうですね」

「……はい」

「アルティリエ姫は記憶がおありでないと聞きましたが……」

ネイシア妃が心配そうな眼差しを向けてくる。

漆黒の瞳に漆黒の髪……肌もやや浅黒い。ネイシア妃には南方の血が混じっている。南方の人達は、身体能力に優れている人が多く、女性は極めて肉感的で……つまり、ものすごくスタイルがいい。

「はい」

申し訳ありません、と頭を下げる。

「あら、そんなことは良いの。忘れてしまっても、私があなたの母であることには変わりないのですから」

優しい慈母の笑み。国民に、母女神のような……と形容される笑みだ。

「ありがとうございます」

ひっかかりを覚えるのは、私が女性の多い職場でたくさんの女性を見て過ごしてきている経験があるからなんだと思う。

違和感を覚えるのだ。

（たぶん……）

ユーリア妃殿下は、端的に言うならば『女優』なのだ。本当は演じているというのともちょっとニュアンスが違うのだけれど、わかりやすく言えばそういうこと。女なら誰だって多少はその気があると思う。

自分が可愛いとか綺麗であることを自覚している女性は、自分の見せ方……あるいは魅せ方を心得ている。どうすれば自分が一番可愛いか、あるいは、美しいか……相手が自分に心を傾ける術をわかっているのだ。

ユーリア妃殿下の場合はそれのスペシャル版。最上クラスと言っていい。

国王陛下が何人の愛妾を持とうとも、この方が第一の人であることは変わらない。それくらい、国王陛下はこの方を愛していらっしゃるのだと言われている。

この方の立場を脅かしたのは、私の乳母が死んだティレーザ事件で生涯幽閉の身となった寵妃リリアナだけだったそうだ。

「あなたの侍女……エルルーシアには、可哀想なことをしました」

ドキンと鼓動が跳ねた。

私は妃殿下を見る。

「エルルーシアは確か、ユーリア妃殿下のところのマリアの縁者でございましたね？」

ネイシア妃が軽く首を傾げる。

「ええ。代々武官を輩出している家の娘で……父親は王太子付きの護衛ですし、剣を扱えるということでぜひティーエの護衛にと思いましたの」

（あれ？　……何かおかしい？）

ユーリア殿下が自分の息子を「王太子」と呼ぶことにも驚いたんだけど、それだけじゃない。私はエルルーシアが王太子殿下付きの武官の娘だと聞いていた。だから、単純にエルルーシアは殿下が私に付けた侍女だと思っていたけれど、今の口ぶりではユーリア妃殿下の意図が働いていたという意味にとれる。

「ユーリア妃殿下はアルティリエ姫を実の娘のように思われておりますのね」

「勿論ですわ。アリエノールはあまり懐いてくれなかったので、ある意味、実の娘以上ですわね。……陛下も、自身の姫よりもずっとこの子を案じておりますから……」

（それ、腹違いとはいえ、陛下の娘であるナディア姫のいる前で言うことじゃないから）

案の定、姫にはじろりと睨まれる。

でも、記憶のない私が言うことじゃないけど……私の中にはユーリア妃殿下を慕わしく思うような感じがない。

「ティーエ、あまり食べていないのね。……近頃、あなたがお菓子を好きだと聞いたから、アリアーナが腕をふるってくれたのよ」

たくさん召し上がれ、と、ユーリア妃殿下自らがスコーンらしきものを皿に取り分けて下さる。

ティーエ、そう呼ばれる甘さに、背筋がぞくりとした。

理性では、ユーリア妃殿下を素晴らしい方だと思うのに、それを全面的に信じることができないのは、妃殿下に「ティーエ」と呼びかけられると鳥肌がたつからかもしれない。

生理的な怯え……私の中の忘れてしまった記憶が、震える。

「ありがとうございます」

「アルティリエ姫は、最近お菓子作りをなさっているそうですね」

ふっくらしたバラ色の頬……アリアーナ妃は先日四十になったばかりだというが、外見はもっと若々しく見える。美容に気を使っているんだろうな、この人達皆。

「はい」

「ぜひ、今度教えて下さいな。姫のお菓子は一味違うとお聞きしましたわ」

「王太子殿下がよいとおっしゃいましたら」

(ダメなら殿下が断ってくれるよね……うん)

「……そういえば、ナディア姫はそろそろ婚約を考える時期になりましたね」

話題が、私からナディア姫に移ってほっとする。

逆にナディア姫があからさまに身体を震わせた。きっとこの話題が嫌なのだろう。

気持ちはわかる。自分のこと、それも結婚とかそういうデリケートな話題をこういうお茶会の席のネタにされるのはまったく嬉しくない。

「はい。……陛下からは一応、候補を打診されてはおりますの」

ユーリア王妃が柔らかな笑みを浮かべた表情で問う。

「アルハンのお世継ぎは、もうご結婚されてましたわよね？」

アルハンはアルジェナ妃殿下のご実家だ。その血をひくナディア姫の嫁ぎ先としてまっさきにあげられるのは、ある意味当然だ。

「はい。先年、幸いなことに男の子に恵まれまして……」

「まあ、南家は安泰ですわね……では、ナディア様の結婚相手の候補は？」

話題の中心であるはずのナディア姫は居心地悪そうにひきつった笑いを浮かべている。

そりゃあそうだ。本心を言えば、余計なお世話だと思うもの。

「国内ですと西公のご嫡子ガリア様……ですが、ガリア様はまだ十二歳でらっしゃるでしょう。この子が、年下はいやだと申しまして……」

「でも、王女殿下が四大公爵家の外でご結婚なさるのはあまり良いこととは言えませんわ……おかわいそうなことになりますでしょう？」

「ええ。ディアナ王女の例がございますものね」

何代前の王様の娘かわからないけれど、ディアナ姫っていう王家のお姫様がいた。

彼女は弟の家庭教師をしていた貧乏伯爵と恋に落ち、紆余曲折の末、その初恋の人と結婚することができた。結婚はできたけれど、あまりにも貧乏な家に嫁いだ為に、自分の馬車すら持つことができずに外出もままならない生活をしたのだという。

　自分で料理したり、自分でドレスを縫ったり……とにかく、そのお姫さまはすごい苦労をしたそうだ。はよくないっていう例に出される。

　でも、お姫様が本当に不幸だったのか誰も、彼女がどう考えたかを知らないのに、かわいそうなことにされているのはどうかと思う。

　幸せだったか不幸せだったかは本人にしか判別がつかないことなのに。

「やっぱり、家格があまりにも違っては、いろいろと問題がありますもの」

「ですが、東家は……」

　視線が私に集中する。

　はい、わかってます。私が暫定相続人なのは。だから、すごーく貴重品扱いされてるってことも重々承知ですよ。

「東公のご子息は、残念ながら相続する家がございませんものね。分家も許されておりませんし……まあ、分家するといっても、いただける爵位はせいぜい子爵がいいところですから、王家の姫の嫁ぎ先としては相応しくございませんわ」

「では、シュナック殿下はいかが？　ちょっとお年は離れてらっしゃいますけれど、王太子殿下とアルティリエ姫の例もありますし……」

　ぷちり、と隣に座るナディア姫の中で、忍耐の糸が切れた音を聞いたと思った。

「あたしは、いつも美少年侍らせてる男色なんかまっぴらごめんだから!! ついでに、飲み物選ぶことすら自分でできないマザコンの四十男もごめんだから!!」

ナディア姫はがっと立ち上がって、その場に居た皆に宣言する。

シュナック殿下って陛下の弟君だよね? ……美少年趣味の人なんだ……へえ。

マザコン四十男は誰なんだろう? それもシュナック殿下のことなのかしら。

「ナディア姫、お代わりはいかが?」

「あ……はい」

一瞬凍りついた空気は、ユーリア妃殿下のその一言でふわりと溶ける。ユーリア妃殿下はそっとナディア姫の肩に手を置いて、席につかせた。

香り高い紅茶が姫のカップに注がれる。ついでに私のカップにも。

口をつけると、ナディル殿下からいただいたサギヤの紅茶と違ってかなり濃くて渋かった。今の私の味覚にはきつい。お菓子が甘いから砂糖はいれないけれど、代わりにミルクをなみなみと注いだ。

「ナディア、言葉が過ぎますよ、はしたない」

「…………………」

母君の言葉にナディア姫はぷいっと横を向く。ふてくされた表情……鮮やかな緑の瞳は、とても口惜しげだ。

(……腹芸とか絶対できないタイプだね)

異母とはいえ、あの殿下の妹とは思えないまっすぐさだ。

「ごめんなさいね、おばさんだから、ついつい下世話な話になってしまって」

アリアーナ妃がふわりとナディア姫に笑いかける。

なのに、そう言っているそばから、ネイシア妃が蒸し返す。

「国外からもお話が来てますの?」

「ええ……でも、お話だけですわ。陛下もおっしゃって下さいましたの。わざわざ異国に嫁いで苦労することはないと」

「そうよねぇ」

「でも、住めばそこが都ですよ。愛する方が居てくださるのなら尚のこと……」

「ユーリア様……」

ユーリア妃殿下の故国はダーハルという小さな公国だ。今はもうダーハルという国はない。十年以上前に帝国領として併合され、その支配下にあるからだ。年配の貴族の中には、亡国の公女ごときを王妃として仰ぐことはできぬという人もいるという。

『第一王妃』という地位にあっても、ユーリア妃殿下のお立場は未だ強固なものではないのだ。

「とは申しましても、我が国は他国との婚姻政策をとらないですものね」

「仕方がございませんわ。それが、ダーディニアなのですから」

アルハン公爵家の令嬢として生まれ、第二王妃となったアルジェナ妃殿下は誇らしげに言った。王家に次ぐ四大公爵家に生まれた彼女には、ユーリア妃殿下のその言葉に潜むニュアンスを正確に捉えることはできなかっただろう。

いや、この場にいる他の誰にもきっとわからない。

彼女たちはダーディニアで生まれ、ダーディニアで育ち、ダーディニアしか知らないダーディニアの名家の娘達だから。

でも、私には、少しだけわかった。

私もまた、ユーリア殿下と同じく異邦人だ。私の心の何分の一かは、あちらの世界で育まれたものだから。

（なぜ、ダーディニアは婚姻政策をとらないのか……）

それは、何か明文化されていない決まりがあるのではないかと思う。

ダーディニアは別に鎖国しているわけでもなく、純血主義というわけでもないのに、王室の血を外に出すことを嫌う。王家に準ずるとされる四大公爵家も同じだ。

ダーディニア王室において、他国から嫁ないし婿をとることはあっても、その逆はほとんどない。

貴族間でも『血』がかなり神聖視されていることは確かだ。庶子に相続権がないことや、厳しい相続規定を見ればわかる。……それが私の問題を厄介にしているわけだけど。

「ナディア姫は、もうお心を決めておりますの？」

ユーリア妃殿下が問い掛ける。

「私は……別に……」

「十八歳の誕生日までに自分で候補の中から選べないのならば、陛下が決めると言われておりますの」

（一応、選択肢があるんだ……へえ……）

問答無用で命令されるのかと思ったよ。

「ユーリア妃殿下、参考までにお聞きしますけれど、アリエノール様の時はいかが致しましたの？　アリエノール様がご自身で決断を？」

「あの子は自分で決めましたわ。……そういう子ですの」

「ユーリア妃殿下に似て聡明でいらっしゃいますものね」

この子ったら、自分ではまったく決断できませんのよ、とアルジェナ妃殿下はため息をつく。ナディア姫は唇を噛み締めてぎゅっと紅茶のカップをにぎりしめていた。……あんまり力をこめたら割れるんじゃないだろうかと心配してしまう。

（十八歳やそこらで自分の結婚相手決めろって言われてもね……）

三十三歳まで独身人生送っていた身としては何も言えないよ。

……そのツケを支払わされてるのか知らないけど、今は生後七ヶ月から人妻だけどさ。

温くなったミルクティーに口をつけようとして、私は顔を顰めた。

むせ返るような花の香りにまぎれていて判りにくいけれど、かすかな異臭……これ、ミルク、腐ってる？

「どうかして？　ティーエ」

「いえ」

飲むのやめよう。おなか壊したら困るし。

「あら、もういいの？」

「はい」

「そんなこと言わずに、もう少しいただいたら」

私は静かに首を横に振る。

こういう時、人形姫ぶりっこしていると便利だ。いちいち説明する必要もなければ、相手が気を悪くしたかもしれないなんて気遣う必要もない。

「そう？　残念ね」

ユーリア妃殿下が優雅に微笑む。

穿った見方をすれば、妃殿下が私に嫌がらせをしているということになるけれど、お茶を用意したのはネイシア妃とアリアーナ妃なので、誰がやったかは不明だ。

(他の人が飲んでも困るよね……)

どうしようか、と考えていたら、がしゃんっと耳障りな音がした。

「……もう、いい加減にして！　私が誰と結婚したっていいでしょ。お父様は、自分で選んでいいって言ったんだから！」

ナディア姫が乱暴に立ち上がり、だんっとテーブルを叩く。

どうやら、私がちょっと考え事していた間にも、まだ彼女の結婚話は続いていたらしい。

「余計なお世話なのよ。ママも！　あなた達も！」

癇癪を起こしたナディア姫は、思いっきり目の前のテーブルクロスを引っ張る。

「きゃあ」

「ナディアっ」

途端にテーブルの上は目も当てられない惨状になった。

(あ、やば……)

こぼれた紅茶がガウンの裾を汚す。慌てて手巾でふいた。

まずいぞ。新しいガウンだから、汚したらきっと、衣装に情熱を燃やしているジュリアとアリスが嘆くに違いない。

私のその様子を目の端で見たナディア姫の瞳に、後悔の色が浮かぶ。

「……来なさいよ」

強引に手をとられた。

「ナディアっ」

「うるさいっ。ママは、金輪際、私にかまわないで」

「え？　あ……」

強く手を握られて強引に連れ出された。

振りほどく隙を見出せぬまま、私は半ば引きずられるようにして、まるで花の牢獄のような王妃殿下の居間から脱出した。


（あー……どこに行くんだろう……）

唇を噛み締め、思いつめたナディア姫のその顔を見たら、少しくらい付き合ってもいいかな、と思った。……しっかり腕を掴まれていて、逃げられないというのもあったけど。

やりきれなさというか、ああいうのを嫌う気持ちはわかる。雰囲気が優雅なだけで、うるさい世話焼きおばさんの井戸端会議の変種みたいなものだから。

ナディア姫は怒り心頭といった様子でずんずんと歩く。

えーと……どこ歩いてるかわかっているのかな。私はもうまったくわからないよ。

「妃殿下」

声がした。聞きなれた声。

「……リリア」

私は立ち止まる。ナディア姫もつんのめるようにして立ち止まった。

リリアがナディア姫に優雅に一礼する。姫はそこでどうしていいかわからないというように俯いた。

「お茶会はもう終わったのですか？」

「…………はい」

私がうなづくまでの沈黙と、視線の先の今にも泣き出しそうなナディア姫を見て、リリアは何かを察したらしい。それ以上は問わなかった。

「リリアは？」

「私は正宮の兄の元を訪ねた帰りです。終わったのでしたら宮に戻りましょう。護衛も付けずに歩いていたら危険です」

こくりと私はうなづく。

「ナディア様もいかがですか？」

「……え？」

どこか途方にくれたような表情をしていた姫が顔をあげる。

「よろしいですわよね？　妃殿下」

「はい」

今、彼女を一人にしたら可哀想だと思った。

まだ己の立ち位置さえよくわかっていないので、私が味方になってあげるとかはできないけれど、気晴らしに私の宮に泊まるくらいはさせてあげられる。

「いいの？」

「東宮とアルジェナ妃殿下には使いを出しておきますし、王太子殿下のご許可もいただきますから」

王太子殿下……の単語にびくりとナディア姫が震える。

「やっぱり、私……」

こんな可愛い姫君に怯えられるような何をしたんだろう？　あの殿下は。

「大丈夫」

殿下はちゃんと話せば話のわからない人ではない。

……話す前に怖いと思うことはあるかもしれないけど。

「では、参りましょうか」

「はい」

リリアに先導され、今度は私がナディア姫の手を引いた。

「……ごめんね」

小さな小さな声でナディア姫が謝罪の言葉を口にする。

「……平気です」

応える代わりに、ぎゅっと握り返された手はとっても頼りなげだった。

「殿下」

回廊を通り抜け西宮の入り口に辿り着くと、そこには殿下がいらっしゃった。

「……ルティア」

私は軽く一礼する。

「……騒ぎになったと聞いたが」

殿下は、膝をついて私と目線を合わせてくれる。

「私は大丈夫です。……ナディア姫が皆にいじめられたの」

説明が長くなりそうだったので要約してみた。

「……ナディアが？」

その時点で初めて気付いたのか、殿下がナディア姫にちらりと視線を向ける。

「そうです。だから、私のところに泊まるの。良いでしょう？」

殿下の普通に冷ややかな視線に、ナディア姫は硬直している。これ、殿下のいつもの状態だから。別に怒っていないから大丈夫だよ。

「『だから』がどこにかかるのか、まったくわからないのだが……」

「ちょっとした家出なんです」

「ここも、結局、同じ家の中だ」

「いいんです。……いじめられたから、一番安全な殿下の籠の中に逃げ込むの」

「まったく、君は……」

その後の言葉を、殿下は口の中で小さく呟いた。何て言ったのか私にはわからなかったけれど、殿下が仕方がないという風に笑ったので、私も笑った。

そうやって普通に笑ってくれるのが嬉しい。

「良いですか？」

「……ああ」

殿下は私の頭をくしゃっと撫でる。頭に触れられるのって大嫌いだったはずなのに、それで嬉しくなってしまう自分が始末に終えない。

私の中のこの『嬉しい』が循環して、伝わるといいのに。

「私から、アルジェナ妃には連絡しておく。認めるのはそなたの滞在だけだ、ナディア」

「はい、王太子殿下」

ナディア姫はそっと頭を下げる。

ふーん。王太子殿下って呼ぶんだね。やっぱり異母兄妹だから？

「それは？」

殿下が私のガウンの裾のシミに目をとめた。

「ああ……紅茶をこぼしました」

「紅茶？　……その色が？」

漂白に失敗したような、黄色みがかった色になってる。

「腐ったミルク入りです」

だから飲みませんでした、と言ったら殿下が難しい表情になった。

「……そなたはミルクを使ったか？」

「いいえ」

問われたナディア姫の顔色は蒼白だ。

（ナディア姫はそれどころじゃなかったよ……たぶん）

「リリア、ルティアを着替えさせたら、そのガウンを私のところへ」

「何か問題がありますか？」

まさか、殿下がシミ抜きをして下さるわけじゃないよね。

「腐っていたわけではないと思う」

そこまで言われて何を示唆されているかわからないほど、鈍くはない。

実はあの場でも、それを考えなかったわけではない。でも、ちょっとあからさますぎると思ったの。だって、そんなことをすればあの場にいた人間が疑われるに決まっている。

ナディア姫が小さく震えていた。

（……何をそんなに怯えているんだろう？）

「大丈夫です。死んでしまうほどの毒ではないと思うから」

「なぜそう思う？」

殿下の声は厳しいままだ。

「あの場で私に何かあったら、あそこにいた人が疑われます。誰がミルクを使うのかはわからないし、そもそも、私を狙（ねら）ったかもわからないでしょう？」

アルジェナ妃殿下だって、ミルクをたっぷりいれてたよ。

「……たぶん、貴女（あなた）が狙われていたの」

深く息を吐（は）いて、ナディア姫が首を横に振る。

「え、私？」

「だって貴女、ミルクたっぷりに蜂蜜（はちみつ）か砂糖がないと飲まなかったじゃない。……少なくとも、記憶を失くす前は」

「それって、そんなに多くの人が知ってるの？」

「ルティア、君の好みは誰もが知っている」

「なぜですか？」

「お父様が貴女が好むからと、農場で何種類もの牛を飼育させ、いろいろな場所の蜂蜜を取り寄せていらっしゃるからよ」

「国民の大半が、君の好物は牛乳と蜂蜜だと思っているだろう」

「やりすぎ?」

「その程度のことで揺らぐ財政ではない。……むしろ、乳製品の市場が拡大し、養蜂技術の研究がさかんになった。贅沢をするというのは別に悪い事ばかりではない」

「なら良いのですけど……」

「……まあ、いい。しばらく宮の外には出ないように」

「え? 朝のお茶もですか?」

唯一のプチ外出なのに! あれが外出っていうのも哀しいけど。

「私がそちらに行けば問題ないだろう?」

「回廊歩いたり、違う景色見たり……アーニャとおしゃべりできないじゃないですか」

「アーニャというのは、アンナマリアのことか?」

「そうです」

アーニャというのは殿下付きの女官だ。フルネームは、アンナマリア・エルレーヌ＝ドナ＝アリスティア＝ヴィッセルという。女官の中でも少しだけえらくて、確か、王太子付き女官長補佐、だったはず。よく殿下情報を教えてくれる協力者の一人だ。

アーニャ情報はとってても有益で、昨日は夜遅く帰られたとか、ちょっと体調が悪そうだとか、財務大臣と冷戦やってたようだとか、殿下の様子がよくわかる。

「何を話すのだ？」

「いろいろです」

「いろいろとは？」

「殿下、女の子の内緒話を聞き出すなんて無粋ですよ」

　本人に貴方のこと聞いてますなんて言えるわけない！　そんな恥ずかしいこと！

「アーニャを問い詰めたりなさらないで下さいね。そんなことしたら、怒りますから」

「私にか？」

「はい」

　私が怒ったところで何ができるわけじゃないけど、できる限りの強い決意をあらわしているつもりで睨みつける。

「…………わかった」

　その微妙な間と微笑みが何か不安です、殿下。

「……普通なのね」

　王太子妃宮に戻り、部屋着に着替えてくると、アリスがお茶を淹れてくれた。

「何のお話ですか？」

私はちょこんと自分の椅子に座る。ナディア姫はちょっと疲れた顔をしていた。

「貴女も、お、王太子殿下も」

「……よくわからないけど、いつもあんなです」

最近、リリアにバカップル扱いされていると思う。あの生温い目はきっとそう。絶対にそんなのじゃないのに！

「あなたがそんな風に話せるなんて知らなかったし、王太子殿下があんな風にお話しになるなんて驚きだわ」

「……記憶がね、ないのです」

リセットしちゃったんですね、と私は笑う。

「で、頑なに口を開かなかった理由も、他の事も、全部一緒に忘れてしまったんです
だから、今は場所を選んでですが普通に話してます、と告げる。

姫は、どこか自分が傷ついたような顔をする。

「内緒にしておいて下さいね」

「誰に？」

「西宮の人ではない人達に」

「わかった」

真剣な顔でうなづく。説明せずとも、彼女にはそれを納得できる理由があるのだろう。

「……聞いてもいい？」

「何をですか？」

「以前も殺されかかったんでしょう？」

「そうです」

私に向けられた殺意を理解した瞬間(しゅんかん)を、きっと私は忘れることがない。

「怖く、ないの？」

「怖くないと言ったら嘘(うそ)です」

いつも、怖いのを誤魔化(ごまか)している。さっきだってそう。あれは毒じゃないって思いたくていろいろ言葉を尽くした。そうじゃない可能性を……逃げ道をいつも探している。

「でも、西宮(ここ)にいれば大丈夫なんです」

殿下が守ってくださるから、と言うと、ナディア王女は少し不思議そうな顔をした。

「前のあなたは、王太子殿下のことも避(さ)けていたのに……」

「え、そうなんですか？」

「ええ」

「おに……いえ、王太子殿下の女官が、貴女の好みを探(さぐ)る為に、私のところに女の子が欲しがりそうなものを調査しに来ていたくらいだし……」

「なんですか？　それ」

「つまり、それくらい貴女は自分の意思をあらわさなかったの。見ていて腹立つくらいに」

それでも、何とか気を引こうと貴女が関心持ちそうなものを調べに来ていたのよ、私と貴女の年齢が近いから……とナディア姫は複雑な感じの笑いを浮かべる。

「ほんとに、そこまでする何が私にあったんでしょうね」

今更(いまさら)ながら謎だ。何をどうすれば十歳にも満たない子供がそこまで思いつめることができるのか……。どんな嫌なことでも一晩寝ればだいたい忘れられると思うんだけど。

「……ごめんなさい」

「はい？」

いきなり謝罪された。思いつめた顔をした姫は、勢いよく頭を下げる。

「何がですか？」

「あたし、知ってたの」

ナディア姫、本当は一人称(いちにんしょう)「あたし」なんですね。何だか気を許してくれているみたいでちょっと嬉しい。

「何をですか？」

「貴女が恐くて、辛(つら)くて、泣いていたこと」

でも、見て見ぬフリしたの、とナディア姫が言う。

「いつのことです？」

「……子供の頃」

「そんなの時効ですよ。……そもそも、覚えていませんし」

「でも……たぶん、そのせいだと思うから……」

「私がしゃべらなくなったのですか？」

「そう。……だから、貴女が王太子殿下に連れられて後宮を出て行った時、少しだけ安心した」

やっぱり戻すって話になった時も、戻ってこなければいいって思っていた、と言う。

「なぜですか？」

「貴女は避けていたけど、王太子殿下のところに居た方が後宮に居るよりもずっといいと思ったから。あたしが言うのも何だけど、後宮はあんまり居心地のいいところじゃないわ。……皆が、お父様の関心をひくために見えないところで張り合っているから……」

王の寵愛を競う……それが後宮の女の宿命だ。

「でもね、おかしいのよ。どんなに頑張っても、皆、絶対に貴女には敵わないの」

「私？」

「ええ。……お父様の絶対の一番は、貴女なの。ユーリア王妃だって貴女には敵わないわ。だから、貴女は後宮中から妬まれていた」

（たぶん、それは違うと思いますよ……）

陛下の絶対の一番は私ではなくて、私の母であるエフィニアだ。

「口さがない者の間では、あなたはエフィニア王女とお父様の子だっていう噂もあったのよ」

「……え？　そんなことありえるんですか？」

「ありえないわ。……だって、お嫁に行った王女は死ぬまで王都に帰ってくることはできなかったし、お父様はその間、ラーティヴになんて行っていないもの」

噂は無責任なものだが、あまりにも酷すぎないだろうか。

「………よく、そんなことが噂になりますね」

「宮廷雀っていうのは無責任なの。……でも、その噂を広めた人間は処分されたわ。あまりにも不敬がすぎるってね。噂の元になった貴族だけじゃないわ、後宮の女官も処分された」

「そうですか……」

でも、当たり前だと思う。だって噂どおりなら、わたしは異母兄妹間に生まれた子で更に異母兄に嫁いだことになってしまう。『血』ないし『血統』を神聖視する傾向にあるダーディニアだ。普通よりも過敏に反応するのは当然のことだ。

「お父様は貴女を侮辱する人間は、絶対に許さないのよ」

「……やりすぎですよね」

「否定はしないわ。……だけど、ずっと羨ましかった。貴女になりたかったの。正直言えば、今も羨ましいって思ってる」

私ももっとお父様に構ってほしいと思うもの。と口にする、ちょっと淋しそうな横顔。

私がここで言えることは何もない。何をどう言っても、陛下の一番だと思われている私が言ったら、嫌味にしかならないもの。

「でも、それと同じくらい、貴女でなくて良かった、とも思っていた」

だって、私には耐えられないもの、と力ない声でつぶやく。

「貴女は何もかもを与えられていたけれど、何も持っていなかった……」

遠い眼差し……私が覚えていない過去を見る瞳。

「どういう意味ですか？」

「貴女が大切にしているものはいつも失われるの。……最初はお気に入りだったリボンや靴。それから、よく着ていたドレスが破られたり、大事にしていた金魚がテーブルの上で干からびていたこともあったって聞いたわ。それから……陛下にいただいたカナリアが羽を折られて死んでいたこともあるの」

陰湿だなぁ。でも、女同士ってこういうのあるよね。……嫉妬からの物理的な嫌がらせって、あちらの世界もこちらの世界もたいして変わらないんだね。

「リボンをなくした侍女も、靴をわざと汚した侍女も首になったわ。……ドレスを破ったのはその当時、後宮にいた女性の侍女で、主もろとも追い出された。金魚は誰だったかな……どちらにせよ、処分されたのは間違いないわ。もちろん、一番の大事件になったのはカナリアだったけど……」

　そりゃあ、国王陛下からの贈り物のカナリアが普通でない形で死んでいたら問題になるだろうね。

「貴女が気に入っていたティーカップは粉々になったし、貴女の為に花を捧げた庭師は知らないうちにいなくなっていて……噂では、理由ともつかぬ理由で首になったって聞いた。……そうそう、貴女と仲の良かった侍女が、不寝番の翌朝に貴女の枕元で冷たくなっていたっていう話も聞いたわ」

　確かそれ、貴女が発見したはず、と姫は思い出しながら並べる。

「……毒物ですか？」

「わからないわ。急な心不全で病死として処理されてしまったし……」

　対象が人間になってくるとさすがに不穏だ。アルティリエの周囲にはあまりにも多くの死の影がちらついていると思ったけれど、想像以上上かもしれない。

（これ以外に、ナディア姫の知らない事件がありそうだし……）

　それらの出来事の一つ一つだけでなく、それに対して行われた処分もまた、幼い心に深い傷を与えたのではないだろうか？

まあ、忘れてしまった今となっては、それを確かめる術はもうないけれど。

自分が大切にしていた物、心をかけていた人……それらのすべてが失われていく……そんなことが延々と続いたら、頑なに心を閉ざしてしまっても仕方がない気がする。

「……それでも、命令していた人間全部が、処分されたとは限らないんですよね」

「………………そうね」

ナディア姫の感情の揺れる様が目に見える。

彼女の危惧していることが、私にはわかってしまった。

（向いてないなあ……）

きっと、ナディア姫は素直すぎて辛いことが多いだろう。

何せ私と違って正真正銘の少女だ。身体にひきずられてどれほど幼い言動をとることがあっても、私はあちらの世界での三十三年間の記憶を持っている。

……私は、覚えていない過去の話に怯えるほど、可愛い女の子ではない。

（あと一つ、知りたいことがあるんです……）

私は立ち上がり、ナディア姫に近づいて背後からそっと抱きついた。

「アルティリエ姫……？」

顔は見えないけれど、怪訝そうな表情をしていることがわかる。

これで私がそれなりの年齢の男だったら、超絶いかがわしい情景だよ、この体勢。

ナディア姫が警戒心を抱かないのは、私が自分より幼い少女だからだろう。

「……何を、ご存知なの？」

耳元で、囁くように問い掛ける。びくっとナディア姫が大きく震えた。

ごめんなさい、と、謝らなければならないのは、たぶん私の方。……ズルい大人でごめんなさい。あなたの素直さを利用してしまう。

「……わ、私……」

「なぜ、私の紅茶がおかしいって思ったの？」

抱きしめる腕にそっと力をいれ、ふきこむように耳元で囁く。

傍から見れば、私がナディア姫に甘えているように見えるかもしれない。

「…………」

動揺。……そして、狼狽。

癇癪をおこしたのは本当だったのだろうけど、それでテーブルクロス引っぱるのはちょっと不自然だった。私のガウンにこぼれた紅茶を見て、すぐに後悔していたから、あれは絶対にわざとだと思っていたの。

リリアはすごい。私の目を見ただけで、私がナディア姫と話したがっているのをわかってくれた。

「確かに隣の席でしたけど、姫にまでわかるほどひどい臭いはしていなかったはずです」

あの部屋は花の香りがきつかった。

「……わ、私……ミルクを……」

「使ってないってさっきおっしゃいましたよね？」

小さく首を傾げて微笑む。

「……見ちゃったから……」

震える、声。

「何を……？」

震える、身体。

「お母様が……自分が使った後、何かミルクにいれたの。もし、何か悪いもので、あなたが飲んでしまったら……それをお父様が知ったら……」

たとえ第二王妃殿下といえど、ただでは済まないと思う。これまでの前例から言って。

それはきっと、忘れてしまった私よりナディア姫の方がずっとよく知っている。

「本当ですか？　見間違い(みまちが)とかではなくて？」

「………本当よ。それに、お母様はその紅茶に口をつけなかったから……」

ほとんど泣きそうな表情でナディア姫が振り向いた。

気が強い美少女の泣き顔……絵になるなぁ。

「でも……お父様には言わないで。お願い」

ぎゅっと私の両手を握り締めて、頭を下げる。

「お願い……もう二度とさせないから」

あたしが止めるから。まるで祈るようにそう言われて……縋りつかんばかりの様子で……これで断れるほど、私は鬼畜ではない。

「言いませんよ。……大丈夫」

そうか、アルジェナ妃かー……。

（後で殿下にあの毒が何だったのか聞こう）

どれだけの分析技術があるかはわからないけれど、調べられるからこそ、殿下はガウンを届けるように指示したのだと思う。

「本当？」

濡れた目で見上げられた。私が男だったら間違いなく揺らぐ可愛さだ。

「本当です」

あのミルクの一件はこれで解決か……。

でも、アルジェナ妃だとは思わなかった。ちょっと見込み違いだった。

単純に考えれば、一番怪しかったのはユーリア妃殿下だ。

わざと苦い紅茶を淹れることでミルクを入れるように仕向けることができたし、さらには何度も飲むようにすすめていた。そうでなくとも、あのお茶会はユーリア妃の主催なので、何かあれば全部ユーリア妃の責任ということになる。

（でも、ユーリア妃殿下はそんな単純な方ではないのよね……たぶん）

　何となくそう思う。

「で、アルジェナ妃殿下はなぜ私を？」

「たぶん、だけど……今度の建国祭でお父様は貴女に『女王』をやらせるつもりだから」

「……何ですか？　それ」

「初代陛下の妻となった妖精王の姫の役」

「は？」

　妖精？　なぜ、いきなりおとぎ話？

「建国祭の一番大事な儀式は、妖精王の姫が国王に王権の象徴たる聖剣を与える儀式なの。妖精王の姫役は、王族か大貴族の十八歳以下の乙女が一生に一度だけやることを許されるのよ」

「……未婚じゃなきゃダメとかっていう規定はないんですか？」

「規定はないけれど、暗黙の了解としてそうなっているわ。……でも、貴女の場合は結婚しているって言っても、乙女なのは間違いないでしょ」

「そうですけど……」

もし、そうじゃなくなったら、なんでみんながそれを知っているのかっていう事態になりそうだなとちらっと思った。やだ、それ、怖い。……考えるのやめよう。

「私、今年が最後の機会なの。建国祭の一週間後が誕生日だから。それで、お母様がお父様にお願いしたのに、貴女にやらせるつもりだからダメって言われたんですって。……そのことを三日くらい前から、お母様、ずっと怒っていたの」

別に私はこれからもチャンスがあるのだし、やらなくてもいいんだけどな。

でも、国王陛下が言い出したのでは、誰も反論できないのだろう。

(私に拒否権ないだろうし……)

「建国祭っていつですか？」

「初月の五日から約二週間」

「あれが何だったかはわかりませんけど、あの薬をもし私が飲んでいたらどうなっていたんでしょう……？」

私的には下剤程度と思っているけど……例えば下剤だったとしたら、今飲ませてもまったく意味が無い。だって、今おなかを壊したところで、初月の五日にはさすがに元に戻っているだろう。

「例えば、私がそれを飲んで……命に関わらない程度だったと仮定します。……でも、建国祭のそれをナディア姫ができるようになるとは思えませんが……」

「ええ……その通りよ」

それは、まったく別の話だ。

「むしろ、成功した場合は大騒ぎになりますよね、犯人探しで」

「お母様は、浅はかなのよ……」

再び顔色を悪くした姫が、吐き捨てるように言う。

憎しみにも似た愛情……母を心配するからこそ、愚かな行動に怒りを覚える。

（まっすぐだなぁ……）

ナディア姫は、後宮で育ったにしては奇跡的なくらい健やかな心の持ち主だ。すごく真っ当だと思う。でも、だからこそ生きにくいところがあるのだろう。

（まさか毒薬……だったのかな？）

殺す気だったのなら、目的は果たせる。けれど、簡単に足がつきすぎる。

アルジェナ妃が何をしたかったのか、まったく意味不明だ。

「……あの、ね……たぶん……ただ、あなたが酷い目に遭えばいいって思っただけだと思うの。ちょっと意地悪してやろうって思ったっていうか……お母様、そういう単純なところがあるから……」

「…………私、これまでにも充分、酷い目に遭っていると思うんですけど」

真冬の湖に落ちて記憶を失くし、侍女は身代わりで毒死しているんですが、それでも、まだ試練が足りないとおっしゃるんでしょうか。

「ご、ごめんなさい……」

　ナディア姫はいたたまれない様子で視線を泳がせる。

「後宮って恐いところですね」

「恐いわよ。……お茶会の席でみんな和やかに話していたでしょ？　でも、あの人達、みんな仲悪いから」

「そうなんですか？」

「そうよ」

　ナディア姫はきっぱりと言い切る。あんなににこやかな笑顔を見せていても、裏では怖いことになっているんですね。

「ネイシア様とアリアーナ様は犬猿の仲って言ってもいいくらいだし……お母様はアリアーナ様を白ブタって呼んでて、アリアーナ様はお母様を赤毛ザルって罵ってるの。表面上は誰もユーリア様には逆らわないけど、裏に回ればババアのクセにでしゃばるな、とか、若作りしすぎ！　とか、酷いものなんだから」

　思い出すだけで歪む表情……女の争いは恐い。

「ネイシア様はちょっとアル中気味なの。お酒でいろいろ紛らわしてるのね。でも、それを隠してる。ネイシア様の侍女達は大変なの。すぐ物を投げたりするから」

「バイオレンス……」

「でも、やっぱり、一番恐いのはユーリア様。ユーリア様は、いつもにこやかで、決して醜(みにく)い顔をみせたことがないわ。……ママみたく口汚(くちぎたな)く罵ったりしないし、癇癪起こして侍女にあたったりもしない。いつも本当に穏やかで美しい笑顔ばかり。ユーリア様の侍女達も口を揃えて言うの。ユーリア様の侍女でよかったって……でも、でもね……だからこそ、私は、ユーリア様が恐い」

同じだ、と思った。彼女の感じているそれは、私の感じている恐さと一緒なのだと。

「私も、そう思います」

「貴女も恐いと思ってるの？」

不思議そうに私を見る緑の瞳。

「はい」

こくりとうなづく。

「そっか……」

ナディア姫は小さく笑った。

「妃殿下、おやつですよー。焼きたてです」

アリスが、トレーをもって満面の笑顔でやってくる。器用なアリスは、最近私のお菓子作りの良い助手だ。簡単な作業ならだいぶ任せられるようになった。

「おやつ？」

「さっき、いろいろ食べそこないましたから」

腐ってるミルクの出たお茶会でそれ以上何か口にする気にはならなかったの。

「ナディア様も、どうぞ食べてみてください」

「何なの？　これ」

さっきまでの気弱げな表情が幻だったかのような、不機嫌そうな表情……見事なまでの勝気な王女様への変貌。侍女には、泣いていたことなど欠片も見せない。

それが、ナディア姫のプライドだ。その意地っ張りな誇り高さが、ひどく愛おしく感じられる。

「ちょっと甘めのスポンジの皮に豆を甘く煮たものを挟んであるんです」

平たく言えばドラ焼きです。餡は前もって私が煮ておきました。瓶詰めで保存しておけば、今の季節ならアイスボックスにいれておけば五日くらいは余裕で大丈夫。

「濃いグリーンティーでいただくとおいしいんですよ」

ジュリアは最近、お茶を淹れるのがとても上手になった。

おやつにあわせて、種類だけではなく濃さや温度をいろいろ研究してるという。

「……おいしい」

皆の注目の中、ふわりとナディア姫の頬が綻んだ。

「これってバター？」

「そうです。普通のと、バターを挟んだものと、生クリームを挟んだものがあります」

ドラ焼きは、餡さえあれば銅パン一つで簡単にできるので、アリス達もだいぶ上手になった。挟むもの次第でバリエーションは無限だ。原理は一緒なので生地の配合を変えれば、パンケーキサンドも作れる。

「おいしい。腕をあげましたね、アリス」

生地は表面がちゃんとキツネ色で、ふんわりもちもちしてる。餡はどうせすぐに使い切ると思ったから、砂糖控えめの甘み控えめ。小豆が大粒でおいしいからそれで充分なの。

こだわりは、こし餡じゃなくてつぶし餡にしたこと。黒砂糖がないのがちょっと残念だったけど、いつか手に入れたい。

「本当ですか？　わー、嬉しい」

「今度、婚約者に食べさせてあげるといいですよ。甘いものが苦手だったら、パンケーキサンドにして、甘さ控えめでブランデーをほんのりきかせたクリームを挟めばいいです」

「それ、私も作りたいです」

『婚約者に』の言葉にジュリアも反応する。

さすがだなぁ、二人とも。『婚約者』が関わると、ちょっと目の色変わるよ。

「じゃあ、次のお休みの前の日はパンケーキサンドで」

「はい」

「お願いします。……あ、私達は片付けをしてまいります」

二人はいそいそと退出した。部屋の中には私達しかいなくとも、窓とドア……出入り口になるような場所には護衛の騎士が立っている。ここにいる限り、私が真実の意味で一人になることはない。ここは私にとって絶対の安全地帯だ。

「仲が良いのね」

「いろいろ、ありましたから。……本当によくやってくれているんです」

エルゼヴェルトのあの城で目覚めた時から、どのくらいの時間がたったのだろう……まだそれほどたたないはずなのに、気分としてはもう何年もたった気がする。

「少ない人数で、この宮を維持するのは本当に大変だと思うのです。下働きがいるとはいえ、この棟に関しては彼女達の手だけで運営されていますから」

「侍女が、四人しかいないの？」

「そうです。……私も掃除くらい手伝うわって言ったら、リリアに怒られました」

リリアには妃殿下のすることじゃないと叱られ、主に掃除をさせるなど女官の名折れだとミレディには悔し泣きされそうになったので諦めた。

「……ねえ」

「はい？」

ナディア姫が何か言いたげな顔で私を見る。

「何ですか？」

何か見たことのある表情だな……誰だっけ？

記憶の片隅をかすめる光景がある。

（ああ……王太子殿下だ）

昨日の朝、顔を合わせた時の殿下の表情が重なった。

何か物言いたげで、でも一瞬にしてかき消えてしまったあの顔。

すぐにいつも通りになってしまった殿下に比べて、ナディア姫の反応はもっとずっと素直だった。頬を染め、もじもじとした様子で口を開く。

「……わ、私のことは、ナディアって呼んで良いわよ」

「ナディア、ですか？　じゃあ私のことは、アルティリエと……長いですよね？」

でも、ティーエと呼ばれるのは、ちょっと遠慮したい。

「ルティって呼ぶわ。良いでしょ？　ルティアだと王太子殿下と一緒になっちゃうから」

「良いですよ」

ふと、そこで気付いた。

（あれ、もしかしてあの時、殿下を名前で呼ばなかったからあんな顔をしたの？）

えー、それはないよね、と思いつつも、何だかそれが正解な気がした。

（うわ、そんな単純な事？）

そう思ったら、何だかおかしくなって自然に笑みがこぼれた。

何だろう？　――――やわらかくて、くすぐったい気持ちが胸に広がる。

この気持ちを大事に抱えて、あたためておきたいと思う。

「なあに？　どうかして？」

「いいえ、何でもありません、ナディア……いえ、ナディにしましょうか。その方がお揃いみたいです」

「い、いいわよ。る、ルティがそれがいいんなら」

ナディが耳元をほんのり赤く染める。

意地っ張りなとこが何かツボに入りそう。噛んでるとこも、可愛い。

「では、ナディ。……お茶のおかわりをもらいましょうか。私、今、殿下からいただいたサギヤの紅茶がお気に入りなんです」

「ぜひ、いただくわ」

ほんのり頬を染めたナディの笑顔は、とっても可愛かった。

第八章　密やかな予感と自覚

習慣となった朝のお茶の時間は、最近すっかり『朝食』の時間と認識されるようになったので、甘いお菓子よりも軽食となるものを主として用意するようになった。

一人ぼっちではない朝食が嬉しくて、準備するのにも力が入る。

まず、野菜たっぷりのスープは必須。殿下はどちらかというと野菜全般を避けるようだけど、スープだと問題なく食べてもらえる。特にとうもろこしやかぼちゃのポタージュはかなり好きなようで、無言でおかわりをされる。

こちらでは、生野菜をサラダとして食べる習慣がないので、デザートになるべくビタミンが多そうな果物を選ぶ。今の季節は温室栽培のオレンジが多い。王宮にはかなりの広さの温室があるそうで、いつか連れて行ってもらおうと思っている。

メインの軽食はいろいろあるけれど、殿下は最近、自分で好きな具を挟むオープンサンドがお気に入りだ。

準備するのは、切れ目をいれた小さめのバゲットを軽く焼いたものと挟むための具。

薄切りの生ハム、カリカリに焼いたベーコン、卵のフィリングは少し胡椒を利かせて、たまねぎとレタスは冷水にさらしてぱりぱりに。蒸した人参とじゃがいもは薄くスライスしてある。肉類と野菜類をバランスよく揃えるのがポイント。

それから、栄養価の高いザーデを細かく刻んで、摩り下ろしたニンニク少々と一緒にバターにいれた。この時期のザーデはやや苦味が勝るので、そのままだと殿下は絶対に口にしないから。

「これは？」

緑という、らしからぬ色をしたそれに、殿下はやや警戒をみせる。

「グリーンバターです。おいしいですよ」

「……悪くない」

味見をした殿下は、これは大丈夫だと思ったのか、普通にバゲットに塗った。

たぶんザーデだと気付いてないだろう。よしよし。思わず拳を握り締めてしまう。

（食わず嫌いなだけなんですよ、もう）

次はザーデのマヨネーズディップを用意しよう。

意外に好き嫌いがあるんですよね、殿下。

「お野菜も挟んでください」

「いもは野菜だろう」

「じゃあ、人参も挟んでください」

男の人って、ほんと野菜嫌いなんだね。元の世界でも、上司とか同僚の男の子たちとお昼を食べたりすることあったけど、皆、サラダとか食べなかったし。メタボを気にしてる人が健康の為に！　とか言って無理やり食べていたくらいで、好んでは食べない。

「…………もんだ……」

「問題あります」

問題ないって言うのは、殿下の口癖。これと、ふんと鼻で笑うのと冷ややかな眼差しで口元だけで冷笑するのが必殺技。慣れてしまえば何てことないけれど、初心者にはなかなか高いハードルらしく、これが出ると皆、何も言えなくなるみたい。

「何が問題だ？」

「人参には、身体に必要な栄養素が含まれているんです。……言っておきますけど、殿下がこれまで携帯糧食だけで何年も大丈夫だったのは、ただ若かったからです」

栄養バランスがとれているものだとは聞いているけれど、内容を考えるとビタミン類が絶対的に足りていないと思う。

「…………私は、まだ若い」

「いつまでも自分は若いと思っていたらダメですよ」

そう思って油断していると、ひいた風邪がなかなか治らなくなっていたり、徹夜で飲み明かそうなんて言ってて日付が変わった瞬間に沈没していたり、ちょっと夜更かししただけで目の下にクマができてたりするのだ！

不摂生が即座に身体に出るんですよ、殿下！

「確かに年齢は君の倍だが……」

「倍以上です。はい、チーズも一緒にいれてあげますから。……この人参は甘くておいしいですよ」

殿下のバゲットにチーズ込みで人参を挟むことに成功！

よし！

「……私はあまり人参は好きではない」

もちろん、人参が嫌いなことはリサーチ済みです。一緒に朝食を食べるようになってわかったんだけど、ナディル殿下は、食事にこだわりが無いのではなく、こだわっている時間を惜しんでいただけみたい。

作るものが不味くても料理人達をそのままにしておいたのは面倒だったからで、今はアルフレート殿下に修業を兼ねて押し付けることができて良かったと思っているらしい。

なんていうか……殿下のことを、皆はいろいろ勘違いしていると思う。

「好き嫌いを言ったら駄目ですよ。だいたい、殿下は人参だけじゃなくてザーデも嫌いじゃないですか。色の濃い野菜は栄養あるんですよ」

自分の口からは絶対に嫌いとは言わないけど、ちゃんと知っています。

「…………………」

そんな目で見ても、無駄(むだ)です。

「ダメですよ」

私はにっこり笑った。笑顔は立派な武器の一つだよ。

「……わかった」

殿下は仕方がないという顔をする。

これまで普通に食事をとらなかったのは、もしかして、好き嫌いが多かったせいかもしれないと疑ってしまいそうだ。携帯糧食ばっかりな食事はあんまりだと思っていたけど、案外あれはあれで好んで食べていたのかもしれない。

「チーズと一緒に食べればあんまり味わかりませんよ。生ハムもしっかり味がついてますし……それに、ほら、お花の形でかわいいでしょう?」

「花の形であっても味は変わらないと思うが……」

「可愛(かわい)いからいいんです!」

強く主張する私を見て、殿下は笑った。

絶対に引き下がらないんだから!

(……だって、最近、ちょっと疲れてるみたいに見えるの)

殿下はまったくそういうことを口にされない。

野菜を食べれば健康になるなんて思ってはいないけれど、食生活はやっぱり基本だ。せめて朝食だけでも栄養バランスを考えたものを……と思ってしまう。

私のこの小さな手でできることはあまりにも少ない。せめて、この朝のひと時の平穏を守ること、それから、殿下の健康を守るためにささやかな貢献ができればいい。

「……確かに、甘いな」

殿下はお花の人参を一つ、口にいれた。

なんだ、ちゃんと食べられるじゃないですか。

「いい野菜ばかりだから、茹でただけでもおいしいんです」

春になったらきっともっとおいしい野菜も出てくると思うけど、今は氷月だから種類がとても少ない。でも、ここの野菜は本当においしい野菜だと思う。野菜にちゃんと味があるのだ。だからこそ人参臭くてイヤなのかもしれないけれど。

「……ああ」

ふと、殿下が手を止める。

「何か？」

何だろう？

「この間の茶会の時の薬だが……」

「はい。……何かわかりました？」

ガウンのシミの解析、終わったんだ。

「……二種類あった」

「二種類？」

「一方がニルティアという薬草から抽出した下剤。もう一方がある種の蟻が持つ毒物」

「下剤はナディのお母様として、別口で蟻の毒、ですか……」

ナディが問い詰めたところ、アルジェナ妃は簡単に白状したらしい。たいして考えもなく、ダイエット用の下剤を混入したのだという。娘にさんざん脅されて、二度とやらないと誓ったそうだ。

ナディの話しぶりを聞いていて、殿下とナディの血縁関係をものすごく深く感じたよ。

ナディは否定していたけど、二人とも絶対に似てるから。

「で、その蟻の毒にはどんな効果が？」

「………冷静だな」

殿下が面白がるような表情で私を見る。

「飲まなかったんですから全然大丈夫です」

「そうか……」

なぜか満足そうな顔をしている。

「その蟻の毒は、神経を麻痺させる」

「マヒ？」

それだったらアルジェナ妃の目的も達成できてしまう。

（そっちを入れるなら、下剤の必要はないよね）

だとすれば、下剤を入れたアルジェナ妃は、麻痺毒の犯人とは別だと思える。

「摂取量と個人差によるが、一杯全部飲みきっていたら、命にも関わるだろうな」

「匂いとか味などはわかっているのですか？」

いったい誰がそんな毒を私に盛ったのか……。

「匂いはミルクを混ぜてしまえばわからない。……味は、おそろしく苦いそうだ。私は飲んだことがない」

「飲んだことあったら困ります」

「私の毒見役がそれを口にしたことがある……幸い毒に慣らした身体で量も少なかったからさほどのことはなかったが、それでもその者の左手の小指には今も麻痺が残っている」

殿下はまっすぐ私を見て、真剣な表情のまま告げた。

「君が、口にしなくてよかった」

「えっと……」

そっと私の頬に触れる手。それから、殿下の氷の蒼の瞳を驚くほど近くで見た。

（ん？）

視界の端を何かが掠める。

「……殿下、人参、抜かないで下さい」

殿下は、小さく舌うちした。

……そこ、大人の武器を使って、子供みたいな真似をしないように。

「そういえば、アルが、君にお願いしたいことがあるそうだ」

人参闘争で勝利を飾り、私はちょっとご機嫌な気分でオープンサンドの最後の一口を飲みこむ。

「アルフレート殿下が？　私に願い事ですか？」

何だろう？　と思った。

アルフレート殿下はとても親切な方だ。今度いつ外出できるかもわからないのに、いろんな場所のおいしい屋台マップをプレゼントして下さった。今、三枚目になる。意外なことに、あの髭殿下は絵がお上手なのだ。中央師団の師団長という軍人のイメージと結びつかなくて驚いた。

アルフレート殿下の地図には、ファンシーな屋台の外観がとても細かく描き込まれていたり、おいしそうな焼き栗や煮込み料理の絵が書いてあったりする。コメントを読んでる

と、全部食べたのかなって思うくらい詳しくて楽しくなる。

向こうの世界でいうガイドマップみたいなもので、侍女やナディとあれが食べたい、これが食べたいと眺めながらおしゃべりしているともっと楽しい。

「別に聞き入れる必要はないが、話を聞くだけ聞いてやってくれ」

「それは、勿論構いませんが……」

殿下らしい言い草だけど、何か笑ってしまう。

「なんだ？」

「いいえ。……お茶のおかわりはいかがですか？」

「いただこうか」

アルコールランプのような器具で温められていたお湯を使って、お茶を淹れる。

こちらの作法もあちらの作法も基本的なことは変わらない。注意するのは抽出時間だ。

茶葉によって違うけれど、こちらの葉は開くのが遅い。

ポットに入っているのはいつものサギヤのお茶ではなく、私がブレンドしたもの。

こちらでも茶葉をブレンドするという発想はあるけれど、高級品で有名な産地の葉にそうでないものを混ぜてカサ増しするのが目的なので、ブレンド紅茶はあまり好まれない。

でも私は、よりおいしくするためのブレンドを目指した。

綺麗な水色が出て香りは高いのに味がちょっと足りない葉に、味は良いけどイマイチ水色が悪いものを組み合わせたの。

「……これは……」

「ルーベリーの葉とホラントの秋摘み葉をブレンドしました。……なかなかイケると思いませんか？」

ルーベリーとホラントというのは、どちらも国内紅茶の大生産地だ。ほどほどの品質で一般普及品として他国に輸出もしている。サギヤや帝国領フラナガンの茶葉が高級紅茶の最たるものであるとすれば、ルーベリーとホラントのものは日常用の紅茶といえる。

これを知った時、すごくショックだった。

サギヤの茶葉は、茶葉の王様って言われるほどの高級品で、市場に出回ることがほとんどないけれど、市場に出る時は同じ重さの金と引き換えにされるんだって！　殿下が下さった紅茶がそんな高級品だとは知らなかったから、私、ケーキやクッキーに遠慮なくザカザカいれてしまったの！

おいしい茶葉はお菓子にしてもおいしいけれど、でも……それを知った後、しばらく私の頭の中に『同じ重さの金』というフレーズがぐるぐる回っていた。

「悪くない。……これならば、最上の格付けがされてもおかしくないだろう」

紅茶には特別な組合があって、その格付けは絶対だ。流通価格もその格付けによって左右される。でも、別に売り出すつもりはないから、褒めてくださっていることはわかるけれど、最上って言われてもピンとこない。

「殿下のお好みに合いますか？」

「ああ」

ナディル殿下はうなづいて、それから、ふっと息を抜いた表情で付け加えた。

「……どの産地のものより、私好みの味だ」

(あ……)

今の表情、すごく好き。——好きなのだと、当たり前のように思った。

それから、その言葉がゆっくりと頭に入ってくる。

(……どの産地の紅茶より、ナディル殿下の好きな味、ですって！)

じんわりと喜びが広がった。

この配合を見つけ出すまでにはかなりの苦労があった。侍女達は試したブレンドをどれもおいしいって言ってくれたけど、これぞ！という決め手に欠けていたから。

でも、殿下にそう言ってもらえたなら、それだけでもう全部が報われた気がする。

「良かった。後でお持ちくださいね。準備させておきます」

「……良いのか？」

「殿下のお好みのものを、ご用意したかっただけですから」

「……ありがとう」

殿下は軽く目を見開いて、そして、あるかなしかの笑みを浮かべる。

私も釣られて微笑んだ。やったね、とちょっと自慢したい気分になる。

（ん？　あれ？　あれれ……？）

もしや、私が紅茶のブレンドを熱心に頑張ったのって、こんな風に殿下を喜ばせたかったから？

今、唐突に気付いてしまった。

なんだ、それ。

（わ～、これって……え～～～……）

わたわたとして、それから、どうしていいかわからずに、背中にあてていたクッションをとって抱きしめる。

「……どうかしたのか？」

不意に覗き込まれた。

和らいだ眼差しがまっすぐ私を見る。

うわぁ、顔、近い、近いです、殿下！

思わず、殿下の顔面にクッションを押し付けた。

「殿下、反則です」

「ん？　何がだ？」

殿下は面倒くさそうにクッションをとって放り投げる。その口元にうっすらと浮かぶ苦笑。なんだか、余裕の笑みにも見えてちょっと腹だたしい。

「そんな急に接近されると、びっくりするじゃないですか」

ちょっとドキドキしただなんて言わないから。

「そうか？」

絶対に言わないから!!

「そうです」

これは誓ってときめきなどではない。……ないはずだ。

殿下、顔伏せてますけど笑ってますね。

肩が小刻みに震えています。バレてますからね！

「…………も、問題ない」

「問題ありますよ」

余裕？　余裕ですか？

もしかして、私のドキドキとか全部わかってますか？

「夫婦なのにか？」

顔をあげた殿下の顔には、まだ笑みが残ってる。

真面目な顔してみても、わかるんだからね！

「親しき仲にも礼儀あり！　です」

「夫婦なのだから、それくらい大目にみなさい」

命令形か！　うー、なんか、ちょっと口惜しいんですけど！

「……本当に、君は……」

私の顔を見て、殿下がくつくつと笑う。ナディル殿下が声を出して笑うのはすごく珍しくて、思わず私はそれをマジマジと見てしまった。

「……失礼します。王太子殿下、妃殿下、そろそろお時間になります」

リリアが入ってきて、ほっとしてしまったのは何故なのか……。

やれやれ、という表情で殿下は立ち上がる。

「……アルフレートは、午後のお茶の時間に連れてくる」

「今日は午後もご一緒できるんですね？」

「ああ。……アルの為に少し多めに菓子を準備してやってくれ」

「はい」

嬉しいけど、ちょっと困る。なんか、すっごく意識してしまいそうで。

（でも、アルフレート殿下もいらっしゃるから、たぶん大丈夫だよね）

お見送りの為に立ち上がり、とことこと後をついていく。

（……背、高いなぁ）

抱き上げられていないと、それがよくわかる。

子供と大人……その明確な差がはっきりとする。

回廊では、殿下の秘書官であるラーダ子爵が、いつも以上に蒼白な顔色で待ち構えていた。

「……ルティア」

「はい？」

逆光がまぶしくて、額に手をあてて見上げる。

「何があっても、この宮からは出ないように」

「殿下？」

何度も言われたことだ。今更確認するまでもないのに。

「誰に呼び出されてもだ」

冷ややかな声音。そこには、私にはわからない感情が含まれていて……不安にも似た何かが胸をよぎる。

私のあずかり知らぬところで、事態はかなりのところまで進んでいるのだろう。

「いいね」

眩しくて、念を押す殿下がどんな表情をしているのかわからなかった。

「……はい」

私はうなづいた。少しだけほっとしたような気配がする。
「じゃあ、また」
「はい。午後に」
遠ざかる背中……殿下は決して振り向かない。
ぼんやりと回廊の向こうに消える後ろ姿を眺めながら思う。
(何を、隠(かく)しているのだろう?)
皆、何かを隠している。
王太子殿下も、リリアも、ユーリア妃殿下も……。
私は、何を知っていて、何を知らないのだろう?
(……わからない)
でも、皆が終わりに向かって歩み始めていることを、何とはなしに感じていた。

青空が広がっていた。一昨日、昨夜と続いた吹雪(ふぶき)が嘘(うそ)のような晴れやかな空だ。
その空を見上げ、はぁ、と本日何度目かのため息をついた。
「妃殿下、散歩をしてみてはいかがでしょう?」

「いい。雪に埋まるの嫌だし」

ありがとう、ジュリア。でも私の身長だと、この積雪量では何も見えない。雪かきしてくれたのはありがたいけど……一メートル以上の雪の壁の間を歩くのはちょっと恐いよ。

「厨房の工事の進み具合を見てきてはどうでしょう？」

「そんなに何度も見に行ったら、職人さん達の邪魔になるわ」

あのねアリス、工事が着々と進んでるのは嬉しいけど、私が行くとみんな畏まってしまうから逆に申し訳なくなっちゃうんだよ。

「本宮の図書館から、何か新しい本でもお持ちしましょうか？」

「……資料の読みすぎで、しばらく文字は見たくない」

エルルーシアの事件について、追加調査をお願いしていたシュターゼン伯爵から送られてきた資料はとても詳細だった。文字で追っただけなのに、エルルーシアの過去が生々しく浮き上がってきて、少し疲れてしまった。あれは、気力がある時じゃないと読めない。

「私のことはそんなに気にしなくていいから。ありがとう」

「でも……退屈なさってらっしゃいますでしょう？」

「ううん。そんなことないわ」

ため息の理由は退屈しているからじゃない。追加調査の報告書やら、殿下からお聞きした話などから導かれた推論が、気が重くなるようなものだったから。

「王太子殿下も、もう三日もいらっしゃいませんし……」

「仕方がないわ。隣国で政変があったのだから」

隣国エサルカルでクーデターが起こったという知らせが届いたのは、三日前の昼過ぎのことだ。

殿下と約束していたアルフレート殿下と一緒の午後のティータイムは、そのせいで延期になった。がっかりしたけれど、それは仕方のないことだ。エサルカルでの出来事がダーディニアに少なからぬ影響を与えるだろうことは、私にだってわかる。

「でも妃殿下、いくら忙しいと言っても、顔を出すことすらできないということはないと思うのです」

「殿下がお仕事を優先させるのはわかりきったことだし……そもそも、私を優先させるようだったら、ちょっとどうかと思うところです」

悔し紛れとかじゃないよ。本当にそう思う。

よく言われる究極の選択。ドラマとかである「あたしと仕事、どっちが大事なの？」っていうやつ。個人的な意見だけど、あの質問ほどバカなものはないと思う。

タルトの店で働いていた時、「俺と仕事、どっちが大事なんだよ」って同僚の女の子が彼氏に言われたという。

今時は男の方が彼女にそれを言うんだなぁ、と思って変なとこ感心したんだけど、仕事と恋人を同列に並べる？　そんなのありえないって思ったよ。

並べられるものじゃないし……仕事だよ？　それと恋人は別物だよね？

「閉ざされたここにまで、外のあわただしい気配が伝わってくるのだもの。本宮の政庁ではきっともっと忙しくしていて、昼も夜もないんじゃないかしら。……無理をして会いに来ていただくよりも、殿下には少しでも身体を休めてほしいの」

優等生の回答ではある。でも、これは本心だよ。

殿下の体調が一番心配。よく鍛えてる人だからそうそうのことでどうにかなるとは思わないけど、かといって、元々がワーカホリック気味なところがあるから、これ以上の無茶はしないでほしい。だって、殿下のご予定には休みというものが存在してないんだもの。

『休日』って何のことか知ってる？　と問い詰めたくなったくらい。

「妃殿下は物分かりが良すぎます」

「そうかしら？」

「そうです。多少、わがままを言ってもいいんですよ」

「でも……殿下を煩わせたくないから。……私は、わがままを言ってそれを聞いてもらうことで殿下のお気持ちを量ろうとは思わないの」

わがままは、一度口にしたら……あるいは、一度聞き入れられたら、際限なくエスカレートすると思う。

最初は何てことない些細な願い事を口にしていただけだったのに、そのうち感覚が麻痺して、無理難題をどれだけ聞いてもらえるかが自分への思いの深さのように勘違いしてしまった例を知っている。

私は、自分がそんな風になってしまうことが嫌だし、わがままを聞いてもらうことを当たり前だと思うようになってしまうのも嫌だ。

そして、本当に心から願った事を、単なるわがままと思われてしまうのはもっと嫌。

「妃殿下……」

別にこれは物分かりがいいからじゃない。ちょっとズルい大人の知恵だ。

常日頃わがまま言ってるとそれに慣れてしまう。でも、滅多に口にしない望みならば、きっと大切に思ってもらえるはず。

切り札は、何度も使うものではない。

「勿論、お会いできないのは淋しいし、つまらないです。でも、大事な仕事をなさっているのですから。私は、殿下の足手まといになるのではなく、せめて応援団になりたい」

私のできることなんてたかがしれている。例え、三十三歳の私がここにいたとしても、できることはそれほどないだろう。手伝うだなんておこがましいことは言えない。

「まあ、妃殿下……」

「ご立派ですわ」

目がきらきらしてるよ、ジュリア、アリス。

別にそんなご立派なことじゃない。自分の分をわきまえているだけだよ。

「妃殿下がそういうお心がけの方で良かったと思います、本当に」

ある意味当たり前のことを賞賛されたり、感心されたりするのは違うと思う。

「リリア……ご苦労様でした」

殿下に差し入れをお願いしたリリアが戻ってきた。

「ただいま戻りました。差し入れの籠は殿下に直接お渡ししております。お忙しそうでしたけれど……殿下のご側近の皆様も、妃殿下のお心遣いに感謝されていましたわ」

「そう……」

殿下の側近の方ってラーダ子爵くらいしか知らないわ。ファーザルト男爵は家令だから、側近とはちょっと違うものね。

「……どうぞ、殿下からです」

飾りけのない白い封筒が差し出される。

思わず自分の目が輝いたのがわかるよ。

「……ありがとう」

殿下からのカード。とても嬉しい。

メールとか電話があればもっと簡単に連絡がとれるし便利だと思う。

　だからといって、そういう手段のない今がそれに劣るかといえばそんなことはない。

　不自由だとか不便だとか思うことはたくさんあるし、時々、ふいにあの頃を思い出して泣きたくなることもあるけれど、でも、今には今の良いところがある。カードのやりとりは、メールや電話のスピードでは伝わらないものが伝わると思う。

「見ないのですか？」

　リリアがにっこりと笑う。

「まだもったいないから開けない」

　大切に手巾（ハンカチ）に包んで胸元（むなもと）の隠しにいれ、そっと胸に手をあてる。

　すぐに見てしまうのがもったいない気がするのだ。

「妃殿下……そこはポケットじゃないですから」

「だって、便利なんだもの」

　胸元の隠しは、手巾（ハンカチ）を入れられるようになっている。手巾（ハンカチ）は常に携帯しているのが貴婦人のマナーなの。ここにしまうのは、基本的には手巾（ハンカチ）限定だ。

　だからこそ、特別な意味がある。

　手巾（ハンカチ）は、『心』を意味するのだ。

　ダーディニアにおいて、騎士（きし）は主（あるじ）に剣（けん）を捧（ささ）げる以外に、己（おのれ）の想（おも）う相手にも剣を捧げることがある。

主に対するそれは命を賭して仕えるという『誓約』であり、想い人に捧げるそれは、命を懸けて貴女を愛します、という『誓言』であると明確に分けられている。

『誓言』を捧げられた想い人は、その騎士に対して『姫』と呼ばれるようになるのだが、その想いというのは、肉体関係を伴わない崇高なものであるとされている。

『騎士』は『姫』の誇りとなる者であることを己に課し、『姫』もまた『騎士』に相応しい『姫』であらんと己を磨く。その精神的な結びつきこそが、ダーディニアにおける貴族社会の根底にあると言っても良い。

姫は誓言を捧げられた際、自分の身につけているものを何か一つ騎士に与えることで、その誓いに応えるとされている。

飾り袖や、飾りボタン、扇、それからアクセサリーなど、身につけている物を与えることが多いが、手巾を与える場合、それは『私の心は、常に貴方と共にあります』という意味になるのだ。

「……じゃあ、書斎にいるから」

そっと胸元を押さえて、弾む足取りで書斎へと移動する。

「お茶をお持ちしますか?」

「ううん。いらないわ」

だって、嬉しくて胸がいっぱいなんだもの。お茶なんて飲んでいられない。

「何？」

「いいえ、何でもありません」

リリアの意味深な笑み。

あのね、みんなして、そんな微笑ましげな目線で見なくていいから！

書斎の窓際のソファコーナーで、手巾で包んだカードを大切にとりだす。自分の体温がうつったかのようなカードをそっと開いた。

（……？）

一瞬、甘いような苦いような香りが鼻をくすぐった。

（……これは……？）

どこかで嗅いだことのある香りだった。どこだっただろう？　と考えるけれど、その思考はうまく形にならずにすぐに消えた。それ以上を追求しようとは思わなかった。

だってそれよりも、手の中のカードに意識を奪われていたから。

走り書きの青い文字。書かれているのは、たった三行だけ。

先日は反故にしてすまなかった、というお詫び。

差し入れはありがたくいただく、という感謝。

それから、『ナディル』という名前だけの署名。

あまりにもそっけなさすぎる三行——でも、それだけでこんなにもドキドキする。

(……初めてだ)

自筆で綴られた名前をそっと指先でなぞる。

これまでは、王太子ナディル・エセルバートというサインがされていた。

けど……ここに書かれているのは『ナディル』というその名だけ。

異母妹であるナディアや、実母であるユーリア妃殿下ですら、王太子殿下を決して名では呼ばない……宮廷序列において、王太子殿下を名で呼べる者は、国王陛下以外にいないからだ。ただし、当人が名で呼んでいいと言えば別。この間夜のお出かけをした際に、お忍びの都合上名で呼んでいいという許可はもらったけれど、それは今も有効なのかな?

いや、でも、その後会った時の殿下の表情が名前で呼ばない不満だったと思うのは、私の一方的な想像にすぎないのだし……たぶん、あれから一度も名前では呼んでいない。

(……でも、この署名は、遠まわしに名前で呼んでいいという意味なのかも)

いや、いや、いや。そんな風に思うのは、私の自惚れすぎかもしれない。

頭の中がぐるぐるだ。カードの名前のサインだけでこんなにも心を乱される。

(あ～、もう、何だかな～)

自分でもどうしていいかわからない。深く息を吸って、ゆっくりと吐いて、大きな深呼吸を一回。

それから、もう一度カードを見た。走り書きだけど、殿下の字は綺麗だ。

（殿下らしい）

あまりにもそっけなさすぎる言葉。でも、これを書いたときの殿下の様子が目に浮かぶような気がする。

（嬉しい）

素直にそう思う。そっけないそのカードがとても嬉しくて、胸に抱いたまままころりとソファの上に寝転がる。逆さまになった視界……窓から見える冬の雪曇りの合間の晴れ空が、さっきとは違う気持ちで眺められた。

胸に湧き起こる、想い……くすぐったくて、じたばたしたくて、嬉しい。

何でこんなにも自分が嬉しくなっているのかわからない。

（ううん……違う）

本当はわかってる。

認めるのがあんまりにも恥ずかしいだけで。

（……好きだなぁ、と思うわけだ……）

あの、私の前ではいつも不機嫌みたいな顔の殿下が。

口調は冷ややかだけど、中身はかなり心配性な殿下が。

そして、人参が嫌いで何とか食べずに済ませようとしている殿下が。

きっとね、私だけしか知らない顔もあると思うの。

殿下のいろいろなことを思い出したら、頬が熱くなった。

きっと鏡を見たら赤面してると思う。

(す、好きでも別にいいんだよ。だって夫婦なんだし！　全然、おかしくない！)

何か思わず自分に言い訳してみたり。

だって、夫婦なんだから！

妻が夫を好きでも問題はない。うん。ないはず！

(殿下が好き)

『好き』という、その単語がストンと胸におさまった。

そうしたら、じたばたしたくなるような落ち着かない気持ちは影をひそめた。

もうね、侍女達にからかわれるのも仕方ないなって思う。

殿下と朝に会えなくなってたった三日だけど、自分の気持ちがよくわかった。

いや、だからどうするっていうわけでもないんだよ。

だって私達、既に夫婦だから――世間一般で言う、ゴールはすでに済ませてる状態だもの。

後はこう、徐々にね。……ふふふ、今に見てろよ！　なんだから。

幸い、現在のところの私と殿下の関係は極めて良好だから、このまま餌付けの努力を怠らず、いろいろと頑張ろうと思う。

(さて……)

いただいたカードを、前にいただいたカードと一緒に重ねて、青いリボンで結んだ。

本の間に挟んで元のようにしまおうとして、ふと気付いた。

(ここに移って来てからも、ずっと隠していたんだ……)

後宮で育てられていた間、アルティリエが心をかけたものはすべて失われてきたとナディは言った。でも、後宮を離れて王太子妃宮に移り、ナディル殿下の庇護下に入ってからも、アルティリエはこのカードを隠しつづけていた。

(なぜか……)

それは、犯人がここにも手を伸ばすことができることを知っていたからだ。

そのことに気付いた私は、深いため息を一つついた。

…幕間… 王太子と乳兄弟

夢は叶(かな)わないから夢であり、叶うものは目標と言うのだと誰(だれ)が言ったのか……。
だとするならば、それは確かに目標だった。
かつてそれは手の届く場所にあり、俺達は思い描(えが)いた未来が必ず来るのだと信じて疑わなかった。

最悪の目覚めというものがあるとすれば、それは今だと毎朝目を開くたびに思う。

特に、今のように書類に突(つ)っ伏(ぷ)して朝を迎(むか)えたなんて場合は、しみじみとその認識(にんしき)を新たにする。

「フィル＝リン、殿下(でんか)がお呼びだ」

「…………俺はいない。どこにもいない。俺は消えたと奴(やつ)に伝えてくれ」

俺は振り向きもせずに言った。目の前には高くそびえるように積まれた書類の山……今にも倒(たお)れてきそうだ。

「やだね。あの状態の殿下に誰がそんなことを言える？　僕はまだ命が惜しい」

レイ……レイモンド・ウェルス＝イル＝ラーダ＝リストレーデは、ため息混じりに肩を竦める。まったく友達甲斐のない奴だ。物心ついたときからの幼馴染みだっていうのに。

「つまり、お優しい王太子さまモードじゃなくて、大魔王様絶賛顕現モードだろ……そんな奴に誰が会いに行きたいものか！　だいたい、俺は今計算中なんだよ！　三桁もあわねーんだよ！　どこ行ったんだよ百八十二袋の小麦」

ややキレ気味なのはあれだ。メシ時以外、この狭苦しい資料部屋に缶詰めさせられているからだ。それも、今日で三日目。

「あー、それはひとまず置いといて、早く行った方がいいと思うぞ。あんまりご機嫌がよろしくないからな」

「奴が機嫌悪いのなんざ、いつものことだろ」

「言い直す。かつて類を見ないほどに、ご機嫌がよろしくないんだよ」

レイ、単語の一つ一つを強調しなくていいから。

「はい、はい、だからそれもいつものことだって。ここのところ毎日、不機嫌指数最高値をぶっちぎりで更新中だからな」

この三日間の奴の機嫌の悪さときたら……ちょっと言葉では言い尽くせない。

一番不機嫌になったのが、今朝の朝食にいつもの携帯糧食のビスケットを出した時だ。

　これまで、携帯糧食に不平を漏らしたことなどなかったが、幼妻お手製の朝食を二人で仲良く取る習慣ができてしまった現在、それに不満を覚えるのは至極当たり前だった。

（すっかり、エルゼヴェルトの姫さんに餌付けされちまってるからな……）

　口に出しては何も言わないが、相当気に入っていることくらい、奴の側近だったら誰でも承知している。

　奴にとって食べるという行為は、栄養摂取以外の何物でもない。

　質の良し悪しが判る舌はあるので味覚オンチではないのだが、所詮、まともな食事とか和やかな家庭の食卓がどういうものかわからないあいつには、真の意味での『味』というものがわかっていない。

　だからこの場合の餌は、提供される『食事』ではなく『姫さん』だ。より正確に言うならば、姫さんと一緒に過ごす時間と言うべきか。

（そこまで気に入るような存在だったっけか？）

　幼馴染みであり、乳兄弟であり、仕えるべき主でもある奴……我がダーディニアの王太子たるナディルの嗜好というものはだいたい押さえているつもりだが、女の好みだけはよくわからない。

　とりあえず後腐れない大人の女と付き合っているのは確かだ。かなりイイ女ばかりなのは、頭の悪い人間が心底嫌いなせいだろう。

ここのところの様子を見ると、もうちょっと深くエルゼヴェルトの姫さんにチェックを入れたほうがいいかもしれん。

（まあ、ロリコンの心配だけはしてないけどな……）

基本的にナディルは『子供』が嫌いだ。『弟』『妹』については家族補正が良い方向に働いていたから別格だったが、感情で動くということを許しがたいと思っているだろうし、理性的に話ができない部分も嫌っている。ちなみにナディルにとって『弟』『妹』にあたるのは同母弟妹だけだ。異母の二人にはほとんど関心がないと言ってもいい。

そして、ナディルの判断基準は、別に見た目というわけじゃない。年齢と中身の成熟度は必ずしも一致しないというのが奴の持論だ。

（つまり、姫さんは子供じゃねーし、奴とまともに言葉が通じるタイプっつーことだな）

俺は、このところナディルの私的な関心のすべてを一身に集めているお姫様の姿を思い浮かべようとして諦めた。

金の髪と幼いながらもいかにも姫君らしい雰囲気を思い浮かべることはできるのだが、明確に顔かたちを思い出すことができないのだ。

可愛らしい顔をしていたという記憶はあるのだが……こう、全体として靄がかかっている感じだ。たぶん、同じくらいの背格好で金髪碧眼の女の子の中にまぜられたら、絶対に見分けがつかない自信がある。

（印象薄いからなぁ、あの姫さん）

『人形姫』とか『氷姫』というあだ名で呼ばれているエルゼヴェルトの姫君は、これまで他者にほとんど関心を示さないことで有名だった。

影の寵妃とまでささやかれるほど、国王陛下の好意を一身に集めていたとしても、彼女はその陛下にさえさほど関心を示しはしなかった。

……これまでは。

注釈をつけるのは、里帰りしている間に湖に落ちて記憶喪失になったせいで、なんだかだいぶ違う性格になったらしいと言われているからだ。ちらほらといろんな噂が俺の耳にも届き始めている。湖に落っこちたときにどこか頭を打ったのかもしれない。

何にせよ、それが悪い変化じゃなかったことを喜ぶべきだろう。

（そのせいで、奴に気に入られたことが幸か不幸かは別として……）

「とりあえず俺は忙しい。用があるんならおまえが来いって……」

「だから、そんなこと僕が言えるわけないだろう」

俺達は過去の出来事からナディルに対し、大なり小なりトラウマのようなものを抱えている。遠慮する部分もあるし、そもそもの出来が違う。

ひとまとめに王太子殿下の側近団と言われる俺達の中で、何か一つでもナディルに勝てる人間はいないのだ。

頭脳明晰(ずのうめいせき)、眉目秀麗(びもくしゅうれい)、おまけに剣(けん)の腕(うで)もピカ一ときている。天は二物(にぶつ)を与(あた)えずというが、ナディルに限って言えば、二物どころか三物も四物も与えられているというべきだろう。奴と何かで並び立つことができるのは、せいぜいアル殿下くらいだ。

あの殿下はあれで百年に一人の剣の天才と言われている。最も、どれだけ褒(ほ)め称(たた)えられたとしても「個人の技量なんて、物量の前では無意味だ」とか笑い飛ばしてしまうところが、いかにも奴の弟らしいところだ。

「随分(ずいぶん)と楽しそうだな、二人とも」

冷ややかな声がした。

永久凍土(えいきゅうとうど)の底から響(ひび)いてくるような声が。

ぐぎぎぎぎ……と、軋(きし)む音すら聞こえそうなぎこちなさで、俺とレイは振り返る。

流れる銀の髪に絶対零度(れいど)の眼差(まなざ)し……ダーディニアの王太子にして、我が主たるナディル殿下がそこにいた。

「あ、あ、あの……」

レイ、驚きすぎ。

「主に足を運ばせるとは随分だね、ラグフィルエルド・エリディアン＝イル＝レグゼルスノウディルイルティーツク＝アルトハイデルエグザニディウム」

噛む様子も詰まることもなく、俺のフルネームを口にする。

いちいちフルネームを口にするのは間違いなく嫌がらせだ。

何しろひっじょーに長い姓なので、俺自身ですら間違えずに言えた試しがない。たぶん他の兄弟達も同じだ。自分でも覚えられないので、俺は自分のフルネームが好きではない。

だいたい、こんな長い姓を持つ者同士で結婚するのが間違っているのだ。しかも、名前までややっこしいものをつけやがって。

面倒なので俺はフィル＝リンと名乗る。アルトハイデルエグザニディウム伯爵公子でも何でもない……称号も何もないただのフィル＝リンだ。最初に俺をそう呼び始めたのは、他でもないナディルである。

「で、で、殿下……フィ、フィ、フィル＝リンは、その……」

フォローするつもりなら、せめて噛むな。ついでに弁護する理由くらい考えておけよ、レイ。

「あー……、王太子殿下、ご機嫌麗しゅう」

「まったく麗しくない。おまえはいつから私より忙しい人間になった？　主を呼びつけるとは側近の在り方としてだいぶ間違っていると思わないか？」

思いっきり尊大な微笑……遠くから見れば、優しげに見えないこともない。が、至近距離でそれを見せられ、冷ややかな嫌味攻撃をくらってる本人としては、そんな勘違いをするわけがない。目の前のそれは紛れもない冷笑だ。

だが、こんなことくらいでおたついていたらこいつの側近なんざやっていられない。

「申し訳ありません。わざわざご足労をおかけしまして」

慇懃無礼なほどに丁寧な口調で、宮廷作法の教本どおりの礼をしてやる。

「まったくだ」

ふん、と鼻で笑う。俺の嫌味なんぞ、こいつにはまったく無意味だ。

いつの間にか、こいつはこういう尊大で嫌味な言動がよく似合うようになった。聞こえ良く言いかえれば、威厳というものがついたとも言える。

(……昔は違ったけどな)

昔……出会った頃の俺達の関係は、今とはまったく違うものだった。

我が家は爵位こそあるが、領地は広くもなく豊かでもない。父が官吏として働くことでやっと生活が成り立つような地方の田舎貴族で、俺の母はそんな父の正夫人だ。

貴族女性が働くことは外聞がよくない。男に妻を家においておけるだけの器量がないとみなされるからだ。

だが、ナディルの乳母の募集があった際、妊娠中の母はそれに飛びついたし、幾つかの試験を経て母が乳母に決定した時、父や祖父も含め家族全員が喜んだ。

高位貴族の子供の乳母というのは、とりたてて特別な能力の無い貴族女性が就いても恥ずかしくないとされるほぼ唯一の職だ。乳母の給与はかなりの高額で、お仕えする子供が成長すれば、我が子がその家来として取り立てられることは間違いない。しかも、母が乳母となる御子は嫡長子で、男児でも女児でも家を継ぐ可能性が高かったのだ。

ナディルの生まれた時の名は、ナディル・エセルバート＝ディア＝ダーハル＝ダーディエ――王太子どころか王子ですらない、ただの王族でしかなかった。

グラディス四世として即位された現国王陛下は、ナディルが生まれた当時、ただの王子にすぎなかった。陛下は前王ラグラス二世陛下の第五王子で、エルゼヴェルト公爵家出身の第二王妃を生母とすることから、王位継承権は一つ繰りあがって第四位。血筋はこの上なくよろしかったが、上に同じ条件を持つ三人の兄がいた。

そのため、継承順位が第四位であるグラディス四世陛下が王位を継ぐことなど当人をはじめ、周囲も誰一人として考えていなかった。

だからこそ、ダーハルという小国の公女にすぎないユーリア様を正妃とすることができたし、三十歳を超える年齢であっても政務を伴うような公職には就いていなかった。いずれ自分より継承順位が上の兄達に子が生まれてその順位が下がれば、公爵位を与えられて臣籍に降下する。それが一般的なダーディニアの王子の身の処し方だ。

当人一代限りは大公と呼ばれ、その子供は『ディア』の称号を許されるが、以降はただの『公爵』となる。ナディルは、『ディア』の称号こそ持つがただの公子で、いずれはただの王族公爵となるはずだった。

（陛下もその日を心待ちにしてたそうだからな……）

音楽に造詣が深く、芸術を愛しておられた陛下は、当時から音楽家や芸術家の後援者として有名だった。実際、その方面に関しては並々ならぬ才能と熱意とを持ち合わせており、当時陛下が熱心に後援していた芸術家の中には、後に大成した者も多くいる。

反面、政治的なことにはまったく関心がなく、自身の荘園の管理などは家令に任せきり。その為、家令は指示をユーリア妃に仰いでいたという。

それは陛下の美点であると周囲からは認識されていた。

継承順位が高く血筋は良くとも王位に就くことなどない王子だ。なまじ政治に興味をもち、積極的に介入されることは誰にとっても喜ばしいことではない。

陛下は自身が臣籍に降下したら名乗る家名を既に『ノーヴィル』と定め、それを承認されてもいた。

（だが……）

思いもよらぬことが起こった。

まず、共に第一王妃の子供である第一王子と第二王子が、外聞をはばかる事情によりほぼ同時に死んでしまった。

それは、今も真相が明らかにされていない王家の一大スキャンダルで、王宮では今もなお、口にすることを許されない。

ナディルが立太子し、その関係で政の深くにまでかかわるようになった俺でさえ、その真相を知らないくらいだ。その一件を脚色した芝居があったが、上演した劇場ごと潰されたほど。

それでも陛下にはまだ、同腹の兄、第三王子のニーディス殿下がいた。当時の近衛師団の団長であり、その武名が他国にまで鳴り響くほど出来物の兄が。

（けど、不幸は手をつないでやってくるもんなんだよな）

その武勇に優れたニーディス殿下が、市内を騎馬で巡回中に落馬し……それが原因で命を落とすなどとは誰も思わなかっただろう。

原因は、殿下の愛馬の耳に飛び込んだ虻一匹。

馬は殿下を振り落としたばかりか、思いっきり蹴り上げ、踏みにじった。暴走馬を取り押さえた時、殿下は既に息がなかったという。

（その結果……）

はからずも、第五王子だった陛下は、第一王位継承者となってしまった。

それは、周囲にとって……そして、当人にとっても、とても不幸な出来事だった。

まだ王子であった陛下は、「政治に興味もなければ、自身に正しい判断が下せるとも思えない。己には国を治める器量がない。このまま臣下にくだることをお認め下さい」と父王に奏上したとも聞く。

だが、それは認められなかった。

当時、陛下に次ぐ王位継承権を持つのは第三王妃の産んだ十三歳のシュナック殿下で、次が十一歳のフェリシア王女、第四王妃腹のエフィニア王女は八歳と更に幼かった。その間に年長の異母兄弟がいないわけではなかったが、ダーディニアにおいて継承権は、正妃から生まれた子供たちにしかない。

（……だから、陛下は即位するしかなかった）

過去、成人前の子供が即位したことがなかったわけではない。だが、それはやむをえなかった場合に限られている。

陛下は、側妃腹とはいえ文官として堅実な手腕を持つ異母兄アーサー王子に継承権第一位を譲りたいと考えていたが、それは父王に却下された。

特例を認めてしまえば、それが前例となる。

ダーディニアの王位継承権は年齢性別にかかわらず、正妃から生まれた子供にしか与えられない。その理を崩すことは許されなかった。後の世で継承権争いの種となるような事例を作ってはならないと言い諭されたのだ。

結果として王冠は、最もそれを望んでいなかった王子の元へと転がりこんでしまった。

しかも、まったく期待されていなかったにもかかわらずだ。

更に悲惨だと思うのは、それを本人も周囲も知っていたことだ。

王位についてからの陛下が、時々、常軌を逸したような我侭な行動をとるのは、そのせいなのかもしれない。


(ぼくは、しょうらい、がくしゃになってたいりくじゅうをまわるから、フィルはごえいでいっしょにくるといい)

(そうだな！　おれはたいりくいちのけんしになって、ナディルをまもってやるよ!!)


そんなことを言っていた俺達の環境は激変した。

陛下が立太子されるのと同時に、既に生まれていたナディルをはじめとする公子・公女には『王の子』の称号が与えられた。この場合は、後に王となることが定められた者の子という意味になる。

ナディルら兄弟は、王子・王女と呼ばれるようになり……そして、ナディルは次の王太子と定められた。

前の国王ラグラス二世陛下は、息子であるグラディス四世陛下よりも孫のナディルに大きく期待していた。ラグラス陛下があと何年か……そう。あと五年長生きしていたら、玉座は、グラディス四世陛下を跳び越して直接ナディルに譲られていたかもしれない。

そして、その方がナディル以外の人間にとっては幸せな結果になったに違いない。

小さい頃からそばにいる俺はよく知っているが、ナディルというのは昔から物静かなガキで、三度のメシよりも読書が好きな本の虫だった。図書室にいれば、時間がたつのも忘れて本に夢中になり、挙げ句の果てには気がついたら図書室に閉じ込められてる……なんてことも、よくあることだった。

ユーリア妃殿下は、図書室の係の者に必ずナディルの居場所を確認してから図書室の鍵を閉めるように言いつけたという笑い話があるくらいだ。

何事もなければ、ナディルは公爵位を継ぎ、好きな本に囲まれて、好きな学問三昧の日々を送っていたに違いない。

俺からすると信じられないことだが、ナディルは『勉強する』ということが好きで、苦にならない人間なのだ。実際に頭もいい。大学に入学するというだけで、それはもう証明されたようなものだった。

ラグラス二世陛下が、政にはまったく向いていない息子よりも孫のナディルに期待したのもうなづける話だ。

（そして……）

俺達は、もうただの乳兄弟の幼馴染みでいることはできなかった。

主とそれに仕える側近……元より対等であろうはずもなかったが、それでも幼い俺達の間にあった特別な何かは消えさり、明確な線引きがなされた。

未来の公爵と下級貴族の乳兄弟が時に対等に話すことがあっても、未来の国王と下級貴族の乳兄弟には許されないのが普通だ。

ナディルと俺達の間には決して越(こ)えられない一線が引かれた。……かつてはたびたび踏(ふ)み越(こ)え、対等に笑いあったこともあったが、それは遠い話となったのだ。

（そして……）

頭の良い子供だったナディルは、おとなしくそれを受け入れた。

受け入れざるを得なかったのだ――ナディルの存在が、ユーリア妃殿下の地位に……そして、幼い弟や妹達の未来に直結していた為に。

グラディス四世陛下が王太子となられた時、第一妃となる娘は四大公爵家のうちから選ばれるだろうというのが宮廷雀(きゅうていすずめ)たちのもっぱらの噂だった。

そもそも、ユーリア妃殿下は、陛下が『王位継承権第四位の第五王子』だったからこそ正妃として迎えることを許されたのだ。もし、陛下の継承順位があと一つ上だったとしたら、どんなに陛下ご自身が望んだとしても、ダーハルのような小国の公女であるユーリア殿下を正妃とすることはできなかっただろう。

この当時既に、ユーリア殿下の故国たるダーハルは帝国(ていこく)に併合(へいごう)され、妃殿下には何の後(うし)

ろ盾もなかった。対して、四大公爵家にはそれぞれ陛下に差し出せる妙齢の娘がいた。ユーリア妃殿下にあったのは、ただグラディス四世陛下の愛情と、陛下との間に生まれた四人の子供達だけ。

陛下がユーリア妃殿下を愛しておられることに疑いはない。だが陛下が、四大公爵家から差し出される妃を拒めるとは誰も思っていなかった。

それは妃殿下が一番良くわかっていたに違いない。実際、エルゼヴェルトを除く三公爵家からは娘達が後宮に送り込まれた。それが、第二王妃であるアルジェナ妃殿下であり、側妃であるアリアーナ妃とネイシア妃だ。

ユーリア妃殿下の幸運は、ナディルという子供がいたことだと誰もが言う。

ナディルはその頃既に史上最年少で大学に入学していた。大学という機関は、生まれや血筋をまったく斟酌しない。学術的才能だけが物を言う。

ラグラス二世陛下は、これから生まれるかもしれない血筋のよい未来の孫よりも、既に並外れて聡明だとわかっているナディルを選んだ。

ナディルを未来の王太子……ひいては、未来の国王にする為に、陛下はユーリア妃殿下を『王太子の第一妃』に、そしていずれは、『第一王妃』とするように定めたのだ。

そうでなくば、ユーリア妃殿下の地位はもっと下……何番目かの王妃になれればよい方で、下手をしたら側妃とされていたかもしれない。

側妃というのは、妃とはつくものの、ただの公式に認められた国王の妾にすぎず、そこに正式な婚姻関係は成立していないとされる。

アリアーナ妃とネイシア妃は、子供さえ生まれれば即座に正妃となることができたのだが、あいにくお二方には子供ができなかった為に側妃に留まっているだけで、ユーリア妃殿下が側妃に落とされる場合とはまったく意味が違う。

だから、もしそうなっていたら、ユーリア妃殿下から生まれた子供たちは当然、王の子と呼ばれることはなく、側妃の子となったことで、王族という称号すら理由をつけて剝奪されるおそれがあった。

ナディル自身は学問で身をたてるつもりだったから、己の身分がどうなろうと構わなかっただろう。

だがナディルは、まだ幼い弟や妹達の行く末を案じた。だから何一つ文句を言うことなく、未来の王太子となることを受け入れたのだ。

それはナディルが、手の届くところにあった己の望む未来を、諦めた瞬間だった。

ナディルは、およそ挫折や失敗というものを知らない人間のように見えるが、そんなことはない。

ナディルもまた、まったく王位など望んでいなかったにもかかわらず、玉座につくことを定められてしまった人間であり、自身の望んだ未来を奪われた人間でもあった。

奴の口から、愚痴やら文句やらを聞いたことは一度もなかったけれど——。

(俺は一度、間違えた)

俺は、ナディルの従者であり、乳兄弟であり、幼馴染みで……そして、友だった。

だから、どんなにわかりにくくなっていても、もう二度とその本心を間違えたりしない。


「……姫さんに会えないことがそんなに不満かよ」

無言でじろりと睨めつけられた。

……うわ、図星かよ。

だが、こいつがそれを口にすることはないだろう。

ナディルは、自分の私的な意志を表に出さぬことを常に心がけている。

幼時、何気ない自分の一言で守役が解任されたことを教訓にしているのだ。

(いい加減、少しくらいはわがまま言ってもいいと思うがね……)

今は鉄壁の自制心を誇るこいつとて、昔からそうだったわけではない。だいたい、王族や貴族の子供なんてわがままに育つと相場が決まってる。周囲が殊更ちやほやするから当たり前だ。

でも、ナディルは幼い頃からわがままを言う性質ではなかった。周囲が心配するくらいに内気で繊細な子供で……たぶん今のナディルしか知らない人間は、子供時代の奴を見たら別人だと思うだろう。

強く自己を主張することはほとんどなかったが、今のお優しい王太子殿下モードの時よりよっぽど優しかった。……俺が気付いた時にはもう、ナディルは今の『お優しい王太子殿下』になってしまっていたけれど。

そのことに、俺は少なからぬ責任を感じている。

誰がどうなろうとも、俺だけは、ナディルの側に立っているべきだった。……今はもう昔の話で、ただの繰り言にしかならないけれど。

「ちょこーっと顔見てくればいいじゃないか」

「訪問する理由がない」

「は？」

名目上とはいえ、夫が妻に会いに行くのに、何の理由がいるんだよ、と思ってしまう。

「用もないのに行く必要はないだろう。……そんなことを言うなら、さっさと調査を終わらせろ」

（うへぇ、やぶへび）

顔見るのが用事でいいじゃねーか、と俺は思うんだけどな。

「……ここ、計算違ってる」

ナディルは、広げていた書面を何気なく眺め、とんとん、と書類の中ほどを指さす。

「…………マジかよ」

俺がこの書類の山と格闘していた時間を返せ！

チラ見しただけで何でわかんだよ。この天才学者様め！　だったら、おまえが最初っからやれよ！

こういうことがあるたびに、学者ってのはある種の異能力者だと思う。

統一帝國設立から現在に至るまでのおよそ千四百年にわたる歴史や帝國古語やら神代語やらの膨大な知識の習得が、大学卒業の前提条件とされているのだからそれも当たり前かもしれない。

一生の運を使い果たしてまぐれで大学に入学したとしても、授業についていけないなんてのはよくある話だ。大学の入学試験に合格しただけで官吏登用試験のペーパーテストは免除だから、それだけでもすごいんだけどな。

かくいう俺がそのタイプだ。

俺はさんざんナディルに嫌味を言われながら、五年かけてやっと初級カリキュラムをクリアした劣等生だった。だが大学では劣等生であっても、一般社会ではエリートだ。

初級カリキュラムをクリアすると身分出身関係なく、それなりの地位を与えられる。何を隠そう今の俺は、王太子殿下の「執政官」の一人なのだ。

だが、ナディルは違う。ナディルはそんな異能力者揃いの大学に在ってさえなお『特別』

と言われた人間だ。

「で、なんで、エサルカルの政変が原因で、俺達が災害援助物資の帳簿をひっくり返さなきゃならんのだよ……まあ、不正発見しちまったけど……」

一週間前、隣国エサルカルで政変が起こった。

ダーディニアと友好的な現国王が幽閉され、その後、弟の大公が自身の即位を宣言したのだ。同時に大公は五大国の一つであるイシュトラの姫の立后を宣言、ダーディニアとの友好条約を一方的に破棄してきた。

その使者がダーディニアに来たのは今日の朝だったが、俺達は三日前にはそれを知っていた。所領がエサルカルにほど近いグラーシェス公爵が、即位宣言のほぼ当日中に情報を得、即座に兵を召集すると同時に王宮に使者を送り込んで来たからだ。

クーデターをおこした大公は、元々、エサルカルにおける反ダーディニア勢力の筆頭だ。大公の所領はダーディニアとの国境にあり、戦にならぬまでも常に我が国との小競り合いを繰り返してきた。つい一月前も厳しい抗議の書面を送り、関税引き上げを検討していることを通告したばかりだ。

「軍を動かすのは無料じゃないんだよ、ラグフィルエルド・エリディアアン」

ちっ、まだ不機嫌かよ。……だが、やはり軍を動かすわけか。

「そりゃ、わかってるけどな。……なあ、本当にエサルカルが出兵してくるのか？　常識で考えて、それどころじゃねえだろ？」

　事はクーデターだ。国王を幽閉して王宮を掌握したとしても、国の全てが従っているわけではあるまい。だとすれば、国内事情が落ち着くまで、外に目を向ける余裕などないのが普通だ。

「クーデターなんて起こす人間に常識を求めるな。……あと、残念なことに必ず出兵してくる。バカみたいな宣戦布告文まで届いたからな」

「バカみたいな宣戦布告文？」

「大公に対してのこれまでの無礼を許してやるから、国境線を引きなおして、アル・デイトナを割譲しろと……割譲しないのなら、エサルカル全軍をもって我が国に思い知らせてやると。……正直、私には意味がわからない」

「……安心してくれ。俺にもまったくわからない」

　そもそも、大公への無礼が何をさすのかがさっぱりわからない。大公の所領と接しているダーディニアの都市アル・デイトナの領有権を勝手に主張したことに対する報復がそうだというのなら、未だに戦になっていないことを喜ぶべきなのはあちらの方だ。

「あの大公は頭が弱いか、気が狂っているかのどちらかだと思うのだが……」

「気が合うな。俺もだいぶ前からそう思ってる」

「そもそも、無礼を咎めるのはこちらだ。……相手がバカだろうと狂人だろうと、仮にも今は国王を名乗っているのだ。下手な工作は無用だろう」

ナディルは、件の大公を国王などとは認めない。だが、国家として宣戦布告をしてきたからには、すでに個人の問題ではない。

「……戦、か」

「まともな戦になるかどうか……とりあえず、備蓄している災害援助物資を遠征軍の糧食の一部にあてる。倉庫の物資の入れ替えもできて、不正も正せて一石三鳥だろう」

「…………さいですか」

単に軍を動かす……だけでは、終わらないのがナディルだ。よく言うならば超合理的精神だが、俺から言わせれば単なる貧乏性だ。

「……それの計算が終わったら二人とも会議室に来るように」

「正確な数量特定すんなら、一時間はかかるぜ」

「ならば一時間で済ませるがいい。その頃にはシオンも到着するだろう」

「……ギッティス大司教まで」

「ああ」

ナディルは小さくうなづく。

こいつの言う「シオン」というのは、同母弟であるギッティス大司教シオン猊下のことだ。シオン猊下は王子としての地位を捨て、現在はダーディニアの国教であるルティア正教の大司教として陰からナディルを支えている。

もう一人の同母弟であるアルフレート殿下は、中央師団の師団長として軍事面を補佐している。アルフレート殿下が近衛に入らなかったのは、ナディルの薦めによるものだ。王太子の義務として、ナディル自身は一時期近衛師団に籍を置いており、その際しっかり近衛を掌握していたからこれ以上パイプを太くする必要はなかったのだろう。

アル殿下は武官としてほぼ最高位を極めている。シオン殿下……いや、シオン猊下もいずれはルティア正教の最高枢機卿になられるに違いない。

「正教が何か絡んでいるのか？」

宗教というのはとかく面倒なものだ。

ルティア教はおおまかに西方教会と正教会の二派に分かれているのだが、この二つは根源が同じ宗教でありながら、分裂後、長い時を経たことでまったく違う宗教のような変化を遂げている。

「エサルカルの国教は正教だ」

「だから？」

ダーディニアの国教も正教である。

これは、かつてダーディニアの王位継承に西方教会が介入しようとした時に、ダーディニアがそれを拒否し、その時に西方教会から分裂してできたのが正教なのだから当たり前とも言える。

正教の成立当初、正教を国教としたのはダーディニアだけだった。だが、近年では正教に改宗する国が増え始めている。これは単純に考えて、正教が君主にとって都合が良い点が多いからだと俺は思う。

宗教というのは、政治的に無視できない大きな力となりうる。

エサルカルは三代前の国王の時に正教を国教とした。正教のみならず他のあらゆる宗教を異端として厳しく弾圧している西方教会と違い、正教会では他の宗教を信じることを認めている。その寛容さが国教にふさわしいと、時のエサルカル国王が自ら改宗し、国教の変更を布告したのだ。

それからおよそ五十年、エサルカルは、国民の八割強が正教の信徒である。

「西方教会が大公と接触している」

「……で？　正教はそれについて何か言って来たのか」

「国教の再びの変更を危惧している。それと、エサルカルの王宮を訪問中だったラグナシア枢機卿が国王と共に囚われているという。救出に協力してほしいと言ってきた」

「……なるほど」

ラグナシア枢機卿は、エサルカルに三人いる枢機卿の一人だ。信仰心篤く、枢機卿団における発言力も強い。

「既にフィルシウスから、エサルカルの首都ヴィルアに、特使が派遣されている」

ダーディニアの人間は、正教がダーディニアの国教としてはじまったものである為に、他国でも同様に信じられているということをほとんど意識することがない。だが、フィルシウスの神学校には正教を国教と定める近隣諸国からの留学生も多く、正教会の教区は国家の枠組みにとらわれていない。良くも悪くも政治とは違う線引きがなされている。

「人質解放のためにか」

俺は問う。

「ああ。特使が戻ればあちらの事情も、もう少し詳しくわかるだろう」

『正教会は政治には介入しない』――それが原則である。

その為、正教は中立の立場で国家間の仲介役となることがある。

「人質を解放するかな」

「無理だな。玉座を奪いながら、殺す決断もできない小心者だ。人質解放などするものか」

「……………殺さないことが間違いのような言い草だな」

「少なくとも国王一家を殺しておかねば、クーデターは失敗する」

「なぜ」

「国王と王太子とその子供達が生きている限り、大公がどれほど自身を国王だと言ったとしても、僭称にしかならないからだ」

「…………どういうことだ？」

「我が国に置き換えて考えてみればいい。父上……グラディス四世陛下を退位させたとして、シュナック叔父の即位が認められるか？　どんなに幽閉しようと、自分より上の王位継承権を持つ私やアルが生きている限り、その玉座は仮のものでしかない。そんなのちょっと考えればわかることだ」

そして、時間が経ってから殺してもクーデターの成功率は下がるだけだ、と言う。

「なぜ」

「アラが見えるからさ。……本気で成功させるつもりなら、驚愕で思考能力が停止している間に他の選択肢のすべてを潰して、自分の立場を磐石なものにしておかねばならない。皆が気付いた時には他の選択肢がないようにな」

クーデターというのは時間との勝負なのだとナディルは言う。

「そういう意味では既に時機を逸している。今殺したとしても悪名を追加するだけだし、そもそもクーデターだと他国に伝わっている時点でアウトだな。……イシュトラの姫を王妃として立后したというのもまずい」

「ヒモつきになるからか」

「それもある。だが、友好国ではなかったイシュトラの勢力を引き入れたことで、反イシュトラ、反大公でエサルカル国内が一致団結する絶好の理由を与えてしまった。大公は自分にイシュトラという後ろ盾があることを示したかったのだろうが、逆に反発されるだけだろう」

　バカなヤツだとでも言いたげな口調だった。

「……おまえなら、成功するんだろうな、クーデター……」

　ナディルの口ぶりを聞いていたら、こいつだったら間違いなく成功するんだろうなと思えた。

「私がクーデターを起こす意味があるのか？　今の状態で」

　我が国の国王は、グラディス四世陛下だ。

　だが、最高権力者は誰かと言ったとき、人々が思い浮かべるのはナディルだろう。

　政も軍も、ナディルが一手に掌握している。

「…………ない」

　そもそも、こいつは王太子なのだ。何もせずともいずれ王の座は転がりこんでくる。

　そんなモノを欲しいだなんて、こいつは一度も思ったことなどなかっただろうけど。

　俺の回答に、ナディルはつまらなそうに顔をしかめた。

　俺とレイが遅れて会議室に入ると、会議は既にはじまっていた。

　細長いテーブルの最上座にナディルの椅子が置かれている。

その席に一番近い二つ……右側にアルフレート殿下が、左側にシオン倪下がすでに座っていた。共に略正装だということに含みを感じるのは、俺がナディル流の思考に毒されているせいだろう。

アルフレート殿下の隣に座っているのは、グラーシェス公爵の直系公子にして、ナディルの実妹アリエノール王女の夫であるディハ伯爵クロード・エウスだ。

（公爵の使者がディハ伯爵とはね……こりゃあ、事態は相当進行してるってことだな）

ディハ伯爵が馬術に優れているということもあるだろうが、中央師団の派遣要請依頼を持って来たに違いない。グラーシェス公爵は殊更儀礼にうるさいから、わざわざ自身の嫡孫をこの使者にあてたのだろう。で、ディハ伯爵の隣に座っているのは、その副官のヴェスタ子爵だ。

ディハ伯爵の正面は、近衛師団長レーデルド公爵リィス・エデル。その隣がナディルの筆頭秘書官であるラーダ子爵カトラス・ジェルディアだ。

レイは俺の隣に座り、他にも俺には馴染みの面々の顔が散見できる。俺も含め、ナディルの側近と呼ばれる者達……財務官ヴィグラード伯爵エーデルス・デーセル、書記官リウス子爵セレニウス・ファドル、ルイド伯爵ボーディウス・ラディエル、執政官ナルフィア侯爵ディーデルド・リフィウス……文官の主だった人間が雁首揃えて並んでいた。

武官の面々がここにいないのは、すでに動いているからだ。

「殿下、エサルカルとの国境には、北方師団をはじめ、北方の領主軍から成る方面軍が向かいます。中央師団を動かす必要があるとは到底思えません。ましてや、アルフレート殿下のご出馬を仰ぐ必要はないのでは……」

「レーデルド公爵、今回の戦は、対エサルカルというだけではない。その裏にいるだろうイシュトラ……おそらくは、今回の騒動の源である帝国……かの二国との戦の前哨戦になると思ってもらいたい」

　ナディルの静かな声に、そこここで息を呑む気配がする。誰もがそうではないかと疑い、だが、考えないようにしていた事実を改めてつきつけられたのだ。

「殿下は、帝国とイシュトラが手を結んだと？」

「さあ……確証があるわけではないが、最初からそう思っていたほうが、気は楽だろう？」

　常に最悪の事態を想定するのが、ナディルの癖だ。だが、こいつにとっての最悪かどうかはまた別の話で、別々に来られるよりまとめて来た方が一気に片付けられて楽、とか思っていそうなのだ、ナディルの場合。

「しかし、両国に同時に侵攻されては……」

「そうさせない為にも、今回のエサルカル問題を速やかに解決せねばならない」

「我が国の国境は、イシュトラとの間にストール大山脈という天険が横たわり、帝国との間にはリーフィッドとエサルカルを挟んでいる。直接の侵攻には時間がかかる」

その言葉に誰もがうなづく。

「アルフレートには、対帝国……演習という名目で、リーフィッドとの国境にほど近いラガシュに行ってもらう」

「……この時期に演習って、みえみえじゃありませんか？」

くすり、とシオン猊下が笑った。場に不釣り合いな笑み。穏やかな……ナディルや王妃殿下と同種の笑みだ。

ナディルとシオン猊下はよく似ている。確か、妹のアリエノール姫もこの系統だ。繊細な顔立ちと華やかさ……ナディルを美形だと思ったことは一度も無いが、シオン猊下やアリエノール姫は美しい容姿をしていると思う。

アルフレート殿下だけがやや違っていて、先王陛下によく似た力強さと無骨さを持つ、いかにも武人らしい見た目をしている。

「みえみえでいい。牽制なのだからな。軍が移動する理由がつけばいいだけだ。あちらだってこちらが何に備えているのか、何のための演習なのかはわかっているだろう」

「……そういうものですか？」

「そういうものだ」

当たり前のようにうなづいた。

「それで思いとどまればよし、思いとどまらないのなら……」

　ナディルは冷ややかな笑みを浮かべて、言葉を継いだ。

「……叩きのめせばいい」

　冷ややかな声音に、一瞬、背筋がぞくりとした。

　どこか凄みを感じさせる笑み……ある種、陛下の狂気を感じさせるような笑みにも似ている。

　こういう時、俺はいつも、ずいぶんと遠い場所に来てしまったのだという感じがする。

　本音を言えば、俺はこいつにこんな笑みをさせたくない。あの聖人君子じみた笑みも嫌いだが、この表情もあまり好きではない。

「それはそうですね」

　穏やかにやわらかく、シオン猊下も笑った。……この人は本当に、ナディルとよく似ている。

「私は戦は好まない。皆もそうだろう。……だが、敵が戦を欲するというのならば、剣を交えるを躊躇うことはない」

　ナディルはきっぱりと言い、それから俺達を見回した。

「一戦に及ぶというのなら受けて立とう。……彼らが二度とそんな気を起こさぬように徹底的に叩けばよい」

「……エサルカルは、かわいそうなことになりますね」

おそらく戦場は、エサルカルになるだろう。

「仕方あるまい。愚かな王弟をもった報いと言うべきだろう」

冷たい横顔。こいつがただ優しいだけの人間ではないことを、俺達はよく知っている。

そして、それが後天的に身に着けたものであるということも。

だが、それを忘れそうになるくらい、今のナディルに慣らされてしまった気がする。

「我が国がそうならなくて幸いですね。私は聖堂を牛耳るのが目標ですし、アルには兄上から玉座を奪うような気概も頭脳も、兄上ほどの人望もありませんから」

「シオン……」

アル殿下がため息をつく。何もアル殿下に人望がないというのではなく、ナディルがまるで神の如く一部熱狂的に信じられ、特別視されているだけだ。

普通に考えてアル殿下やシオン猊下、アリエノール姫は王族として平均点以上だ。

残念ながら第二王妃殿下が産んだ双子の殿下達についてはよくわからない。時折聞こえてくる噂は、まあそんなもんだろうというものが多い。

「クーデターを起こすこと自体は構わない。だが、失敗するなら最初からやらねばよい。周囲が迷惑だ。……国を巻き込んでのこの愚かな一件は、エサルカルにとって高くつくことになるだろう」

「失敗するつもりでクーデター起こす人なんかいませんよ、兄上」

「…………情に流されるからだ」

ナディルは小さくそうつぶやいた。

何をさして言ったのかはわからないが、エサルカルの国王一家と親交があったナディルのことだから、何かを知っていたのかもしれない。

苦い表情をかみ殺し、周囲を見回す。

「補給に関して心配する必要はない。一時的に、災害用備蓄庫を開くことを許可してある。また、既に各商家、組合にも手は回してある」

都合の良いことに我が国では三ヶ月前から、麦と塩の価格安定の為に供給量をコントロールしはじめており、更には、主要の作物やら塩やらの関税も上げたばかりだったので、麦や塩といった必需品は豊富に流通している。

今回はこの騒ぎになってから、それとなく流通量を減らしており、その分が国庫におさめられているからちょうどいい。もしかしたら、それすらナディルの計算のうちにあったのかもしれない。

「我々は戦に勝利する……」

ふと、ナディルはそこで何かを思い出したように言葉を切り、そして静かに言い直した。

「……戦に勝利する為に戦うのではない。自らの大切なものを守る為に戦うのだということを、心に留めておくが良い」

「王太子殿下……」

ディハ伯爵が目を見張った。

「これは守るための戦いなのだ、伯爵。国を、領地を、あるいは家名や家族を……それぞれに守るものは違うだろう。だが、決して失えないものであるということに変わりはあるまい。私とて、その気持ちは皆と同じだ。そのことをよく心に留め、戦いに赴いてほしい」

「まさか、殿下もご出陣を？」

「そうだ」

水をうったような静けさとはこのことを言うのだろう。一瞬にして、室内は凍りついた。

「アルフレート殿下のみならず、王太子殿下のご出馬を仰ぐなど……」

レーデルド公爵がやや震える声で難色を示す。

それもまあ、当たり前だろう。これまで、継承権第一位のナディルと、第二位のアル殿下が二人とも同時に戦場に在ったことはない。

ナディルは立太子された十三の歳より、アル殿下が成人して中央師団の師団長となるまでは常に戦場に立ち続けたが、その後、戦に出ることはまったくなくなっていたのだ。

「私が戦場に在ることが必要なのだ、公爵」

ナディルは静かに言った。そして、笑みを浮かべる。

誰もが安堵するような強い笑み……この人がこんな風に笑うのならばきっと大丈夫な

のだと、誰もがそう思わされるような笑みだ。

（狡猾だ……）

こんな笑みを向けられると、それ以上の反論を口にしにくくなる。

だが、逆を言えばもう実際に安心しても構わないということだ。ナディルはそういうはったりを口にしない人間だからだ。

（ここまでは計算済みか……）

ダーディニアは、かつて王位継承権者を立て続けに亡くしている。その記憶は、まだ完全に癒えていない。だが危険を承知の上で、それが必要なことだとナディルは判断したのだ。すべてがナディルの計算通りにいくかどうかは別だが、大概の場合、こいつの計算からはずれるような出来事はおこらない。

『徹底的に叩く』

ナディルはそう言った。自分が出陣するつもりだったからこその言葉であると考えると、その発言は更に重いものになるだろう。

「すまないが、近衛にも前線に出てもらうことになるだろう」

普通、近衛というのはほとんど実際の戦場には出ないものだ。どの国でもそうだが、近衛は王族の護衛という意味合いが強いからだ。

だから近衛が出るというのは、どういう場合でも最終局面ということになる。

「望むところです。我らがただの王宮の番人ではないことを、知らしめてやりましょう」

何か他にも言いたいことはありそうだったが、ここで言うことではないと思ったのか、レーデルド公爵も、ただ力強くうなづいた。

『王宮の番人』とは、他の師団の人間が近衛騎士を揶揄する時に使う隠語だ。

だが、実のところ、ダーディニアの近衛師団は実戦経験がなかなか豊富と言ってもいい。

他の師団は、それぞれの該当地域での戦にしか介入しないが、近衛はナディルに従って常に戦場に立つことが多かった為だ。

正式に立太子した後、この十数年の間にナディルは幾つもの戦を指揮しているが、大小合わせて一度たりとも負けたことが無い。

これは冗談でも誇張でもなく、事実だ。

ナディルは負ける戦をしない。

ナディルに言わせれば、戦場に立った時、既にその戦の勝敗は決まっているという。

そして、そこで負けると思えば、ナディルはどんな手を使ってでもその戦の口火が切られる前に、戦をなかったことにしてしまう。

ある種の詐欺みたいなものだが、一度は敵の指揮官に一騎討ちを申し込んでこれを撃破。指揮官を人質にして軍を退かせたし、別の時には、本国で和平交渉を成立させて、戦になる前に遠征軍を引き上げさせた。

だから、負けたことがない。

それを一番良く知っているのは、最大の敵国である帝国軍だろう。

ナディルに敗れた帝国の皇子は、次期皇太子の呼び声も高かったそうだが、敗北して人質となったことで皇位継承権を剝奪されたという。

帝国は皇子の数が多いが、ナディルと敵対したことで五、六人は数を減らしてるはずだ。

それでもまだダーディニアに敵対しようというのだから、随分と懲りない。


ナディルの指示でそれぞれの持ち場に散ったのだろう。いつの間にかその場に残っていたのは、俺と、レーデルド公爵とナディル兄弟達だけになっていた。

「殿下、本当に出るおつもりか……」

どうやら、公爵はそれを問いただしたくて残っていたようだ。

「私の出馬はただの建前だよ、公爵。実際の戦場に立つことにはならないはずだ」

ナディルはしごくまじめな表情で告げる。この口ぶりからすると、本当にそうなるかは半々というところか。

「私が兵を率いている、という事実で彼らが退けば良し、たとえ一戦に及ぶことになったとしても、我が軍が負けることはない」

「勿論です」

レーデルド公爵は力強くうなづく。さっきまでここにいた面々は皆若いから、三十代後半の公爵は最年長になる。自身も王族であり、公爵の妻は、ナディル達には従姉妹にあたるレーディア姫だ。

「俺は兄上のご出馬には今でも反対だ。兄上が出馬するとなれば、近衛が動く。……王宮が空になる」

アル殿下の口調は、どこか歯切れが悪い。

「近衛の半分は置いていくよ。まさか、王宮を空にはできまい」

「……近衛師団の長であるレーデルド公爵が兄上に従って従軍するのならば、機能は半分以下に割り引かれるとみていい。だいたい、父上が離宮に行幸しているせいで、ただでさえ人が少ない。その状態で何かあったら……」

アル殿下は、つくづく人が好い。そんな事はここにいる人間は皆、承知だ。それがわかっているのに口に出すところがアル殿下の性質の好さであり、甘さなのだろうと思う。

「アル、兄上はそんなこと百も承知ですよ。それでも、兄上が動くことが最善と判断されたのですから……」

「シオン、おまえまで……」

「兄上のお留守中は、私が王宮に戻りますよ。それで納得してくれませんかね」

「…………」

ナディルが従軍することは確定事項(じこう)だ。

そして、近衛がナディルに付き従うのは当然で……既に、今回の戦は、対エサルカルというだけではない。その裏にいるだろうイシュトラとの前哨戦であると考えられている。

そして、帝国もまた何らかの動きをみせるだろうというのがナディルの読みだ。

「帝国との戦となれば、私が出ないわけにはゆくまい」

我が国の最大の敵国である帝国は、ただ帝国と呼ばれている。

『戦乱のあるところに帝国あり』と言われる大陸の五大国の一つだ。

「かつての統一帝國の末裔(まつえい)を名乗り、大陸の再統一を目指している以上、彼らが侵攻を諦めることはないだろう。だが、十年二十年の長期に渡り侵攻を断念させることができないわけではあるまい……とはいえ、あの国は頭がころころ変わるせいか、敗北の記憶をすぐに忘れるところがいただけないがな」

「帝国の問題も、エサルカルの問題も、王宮に残るアルティリエ姫を危険に晒(さら)すのとは別問題です、兄上」

抑(おさ)えきれない苦い感情がその言葉ににじみ出る。アル殿下は本当に性格が好い。

「彼女の為だけにこの機会を逃(のが)すことはできない。何よりも、この国を守ることこそが、真の意味で彼女を守ることになるのだ」

苦笑(くしょう)したナディルは言った。そのブレない判断こそが、ナディルだ。

「ですが！」

「あの子は、私達が思うよりずっといろいろなことをわかっているし、許容してくれてもいる。……聡明なのだ。たぶん、今回のこともすぐに気付くだろう」

ふと漏らしたわずかな笑みに、そこにいた全員が言葉を失った。

それは何という笑みだったただろう。俺でさえ初めて見たかもしれない。

……幸せそうな笑み。

そう。そこにあったのは紛れもなく幸福感だ。

そこに、コンコンと小さく扉がノックされる音が響いた。

ほっと、誰ともなしに息を吐く。

「ああ、入って構わないよ、リリア」

シオン猊下の言葉に、扉が開く。いつものことだが、シオン猊下がハートレー子爵令嬢を察知する時のその神業じみた鋭さには驚かされる。

「すいません。会議中だとお伺いしましたので、廊下で待たせていただいておりました」

絶妙のタイミングで入室を求めてきた令嬢は、お仕着せのスカートの裾をつまみ、軽く一礼する。

幼時より王宮育ちであるせいか、その所作は極めて優雅だ。

「かまわない。シオンに用が？」

「いえ。……王太子殿下に妃殿下からのお届けものです」

にっこりと令嬢が笑い、藤製の籠を差し出した。

甘い匂いがふわりと室内に漂い、殺伐とした空気がほのかな甘さに塗り替えられていく。

「殿下が口にされるものですので、直接お渡ししなければと思いまして」

「ご苦労だった。……ああ、ラナ・ハートレー、待て」

ナディルは籠を受け取り、退出しようとした令嬢を呼び止める。

なるほど、さすが正式な女官だけある。こういった場に長居しようとはしない。

「はい」

だが、あらかじめ呼び止められるのがわかっていたかのような笑みで、彼女は振り向いた。ナディルは立ち上がり、部屋の隅のライティングデスクに常備しているカードに何事かを書き付け、封をして令嬢に渡す。

「ありがたく受け取った、と」

「かしこまりました」

令嬢は恭しく受け取る。

「……何をしてすごしている？」

あえて、名は口にしなかった。だが、それが誰のことをさしているのかは明らかだ。

「殿下がいらっしゃいませんので、少し退屈されているようですわ」

「そうか」

柔らかな表情でそれを聞く。やはり、俺は認識を改めるべきだった。

エルゼヴェルトの姫さんは、間違いなくナディルの心を占めている。

それも、かなり大きな比重でだ。

「それと、伯爵から報告書が届きました。……ネーヴェからです」

その表情が、苦笑に変わった。だが、それはどこか誇らしげでさえもある。

「やはり、あの子は気付いたか」

「はい」

「できれば、出立の前にお話ししていただきたく存じます」

「残念だが、その時間は取れない」

だがそこで、ナディルの言葉にレーデルド公爵が口を添えた。

おそらく、話の半分以上が公爵には見えていなかったに違いないが。

「そのようなことはおっしゃらずに、出立の前に時間を取られるがよろしいでしょう。殿下が何を守りたいのか、失礼ながら私めにもやっとわかりました」

「………？　何の話だ？」

ナディルは首を傾げる。

……賭けてもいいが、本気でこいつは気付いていない。

察しが良すぎるくらい良く、常に人の百手先まで読むような人間なのに、自分のことになると途端に鈍くなる。

「いやいや、隠す必要はございません。ご夫婦のことなのですから」

公爵はにこやかに笑った。

公爵の勘違いなのだが、すべて勘違いと言い切れないところに難しさと面白みがある。

「宮から出ることはないと思うが、身辺には十分注意するように」

ナディルは時間の無駄を嫌ったのだろう。なにやら意味ありげに笑う公爵をそれ以上追求せずに子爵令嬢に向き直り、幾つかの注意を与える。その熱心さが、公爵に新たな確証を与えていることに、ナディルは気付いていない。

「はい」

「近衛が半分になるが、西宮の護衛は常よりも増やしている。万に一つも遅れをとることはないと思うが……そういえば、エルゼヴェルトの息子もいたな」

「妃殿下の異母兄弟の方ですか？」

「そうだ。何番目だったかな。信頼がおけるようなら、側近くで使えば良い」

「妃殿下は特に避けてはおられないようです。異母兄だという実感はないようですが」

「当たり前だ」

ふん、と口元をわずかに歪める。

「妃殿下は、多くをお言葉にはなさいませんが、ご実家のこともちゃんと考えておられます。あまりないがしろにしないでさしあげてくださいませ」

「ルティアが、どうしてもと言うのなら考えよう」

名を呼ぶ声音がわずかな甘さを帯びる。大切そうに呼ばれたその名は、おそらくナディルしか呼ばないだろう愛称で、それが決定打だった。

（……考えろ）

俺は深く息を吸い、目を閉じる。

深く思考する時に目を閉じるのは、俺と……そして、ナディルのクセだ。目を瞑って感覚を遮断したほうが、何となくいい考えが浮かぶような気がする。

「では、これは必ず妃殿下に。……お喜びになります」

（…………!!）

令嬢の声が遠くに聞こえ、俺は自分に問いかける。

本当にそれでいいのか、と。

一瞬の閃き……むしろ、思い付きだった。

だが、気付いたらそれが頭から離れなくなった。

「殿下」

俺は、発言を求めて手をあげる。

「なんだ？　フィル＝リン」

お、機嫌直ったじゃねーか。

「あのな、俺、妃殿下の宮の家令に立候補するわ」

シオン猊下やアル殿下、それからレーデルド公爵と……立ち去りかけたハートトレー子爵令嬢の視線が突き刺さった。


王太子妃宮に家令がいないことを俺は知っていた。

前の家令がナディルに首にされてから、後任が決まっていなかったのだ。

これは極めて異常なことではあったが……宮を切り盛りする責任者がいないなんて、普通はありえない……現在の王太子妃の状況からあまり問題になっていなかったので、周囲も当たり前のように受け入れていた。

妃殿下がほとんど外出することがなく、女官がしっかりしているので、いなくても何とかなったということもある。

だが本来、家令がいない家というのはまずありえないのだ。

「妃殿下の宮に家令はいない。誰かつけるべきだし、……今後、必要となるはずだ」

「それは、そうだが……」

ナディルは考えをめぐらせている時のクセで口元に握った拳を当てる。

「あー、アルトハイデルエグザニディウム伯爵公子、確かに妃殿下の宮にれっきとした家令がいないのはちょっと問題かもしれないんですが、あなたの仕事じゃないと思いますよ。仮にも執政官にまでなられた方が家令というのは……」

先にシオン猊下が口を開いた。おお、さすがナディルの弟だ。間違えずに俺の姓を口にできるなんて。

「ずっとやるって言ってるわけじゃない。俺は今回は従軍しない。だからその間だけ、あの宮に出入りする理由がほしい」

王太子妃宮の警備の厳重さはこの国で一番だ。それだけあの姫さんが重要人物だということでもある。

だがそれだけでは彼女を守れない、というのが、今の一番の問題だ。

たとえば、ナディルの留守中に俺が気を配っていてやろうと思っても、そもそも宮に入れなければ何もできない。

「……そうだな」

ナディルはうなづき、そして言った。

「ならば、家令見習いに任じよう」

ナディルの決断は早い。そして、俺がこいつに信頼されていることを、密(ひそ)かにうれしく思う。

「なんで、見習い？」

シオン猊下が思わず問う。そこは、俺も突っ込みたかった！

「正式に任命した後すぐに替えては、あの子の評判に傷がつくだろう」

「いまさらだろ」

じろりと睨まれた。けどな、人形姫って綽名の時点でもう遅いと俺は思うんだ。

「アルトハイデルエグザニディウム伯爵公子を家令見習いとして採用されるかどうかは妃殿下次第です」

子爵令嬢が口を開く。

「フィル＝リンではダメか？」

「妃殿下は人の好き嫌いを口にしたりはしません。ただ、無意識で何人か避ける方がおられますから……」

それは好き嫌いとはちょっと違うようなのです、と慎重に言葉を選んで告げる。その慎重さが彼女の最大の美点だろう。

後に俺はそれを何度も思い知らされる。

「妃殿下がおっしゃるには、『好き嫌いを言うほどの記憶がない』ということなので、無意識下で避けている、ということになると思います。理由はまだわかりませんが」

「誰をだ？」

「護衛の騎士の何名か、それから殿下の宮にいる数名の者……名前についてはお許しください。妃殿下自身が気付かれていないようなので、私からは申し上げられません」

「わかった。とりあえず、近いうちに挨拶に行かせる」

「かしこまりました。……では、私はこれで御前失礼いたします」

子爵令嬢はしとやかに一礼する。

俺の家令見習い就任をどう思ったかは知らないが、おもしろがっている風だったからきっと大丈夫だろう。女官を敵に回すとロクなことがないから、少しだけ安心した。

「あ、もし、お時間がとれなくなるとがっかりされると思うので、妃殿下には何も申し上げないでおきます」

「わかった」

デキる女は違う、と俺は改めて感心する。気の回しようが格別だ。

ついでに、たぶん俺はこの女には絶対敵わないだろうな……と思った。

まあ、シオン猊下の尻尾をあそこまでがっちり握ってる時点で、大概の人間に勝ち目はないけど。

「ラグフィルエルド・エリディアン＝イル＝レグゼルスノウディルイルティーック＝アルトハイデルエグザニディウム」

毎度のことだけど、よく噛まねえな。

「はい」

俺はまじめな顔でうなづく。まあ、こんな俺でも礼儀はちゃんとわきまえている。

「西宮王太子妃宮付きの家令見習いに任じる」

「はい」

恭しく一礼した。

こうして俺は、妃殿下の宮の家令見習いとなった。

任命書にはレイの筆跡(ひっせき)で、俺のフルネームが書かれていた。

……赤字でナディルの訂正(ていせい)が入っていたけど。

第九章……王太子殿下の乳兄弟

「妃殿下、本日より家令見習いとしてこちらに勤めますアルトハイデルエグザニディウム伯爵公子です」

朝一番にリリアに紹介されたのは、殿下と同じ年頃の……ちょっと無頼な雰囲気のある貴族の男の人だった。

私の中の知識は、その人と一つの名前を結びつける。

ラグフィルエルド・エリディアン＝イル＝レグゼルスノウディルイルティーック＝アルトハイデルエグザニディウム伯爵公子。

今のところ自身では爵位を持たない。でも、いずれこの人は爵位を授かるだろうと誰もが思っている。王太子殿下の乳兄弟であり、共に大学に通った学友であり、殿下が信頼する側近の一人。

「どうぞ、フィル＝リンとお呼び下さい」

ニヤリと笑う。殿下と共に大学に通った方だというのに学者という雰囲気はあまりない。

むしろ、アル殿下とか……武の人に近い感じがある。それも、折り目正しいというよりはもっと……くだけた感じ。

「フィル＝リン？」

「はい。あまりにも名前が長いのでそれで通しています。うちの家の人間は、公式文書以外はすべて短縮した名前で通ることになっています」

「長い名前ですものね」

小さく笑うと、フィル＝リンは信じられないものを見た、という表情で目を見張った。

こういう反応にはもうだいぶ慣れたし、それを楽しむ余裕もある。

今は、少しずつ以前とは違うのだということを周囲に示していこうと思っているところ。

いつまでも人形姫ぶりっこもしていられないし……とはいえ、公式の場ではまだ無表情の仮面を取り去ることはできないけれど。

「……何か？」

「いえ、失礼しました。妃殿下が以前とはだいぶご様子が違いましたので、驚きました」

正直な人だ。

でも、ただそれだけの人でもない。たぶん、観察……いや、量られているのだと思う。

『私』……王太子妃アルティリエがどういう人物であるのか。王太子殿下の妃としてふさわしいのかどうかを。

フィル＝リンは、王太子殿下の無二の腹心であると周囲に認識されている。

彼が来る前にリリアが言っていた。

本来、大学まで行った……執政官という身分を持つ人が、一時的にとはいえ家令になるというのはありえないことだと。

『その上、王太子殿下の信頼を勝ちえているという意味では、ご兄弟以上かもしれません。シオン猊下がよく口惜しがっていました。彼には絶対に敵わないのだと。……アルトハイデルエグザニディウム伯爵公子というのは、そういう方です』

そういう人がわざわざ『家令見習い』なんていう中途半端な役職で派遣されてくる。

殿下、よっぽど私を心配してくれてるんだなぁと思って、少し嬉しかった。

（――――裏を返せば、それだけ危険な状況になるということなのかも）

うん。ありえそう。

殿下が留守になれば、自然、この宮もいつもよりは手薄になる。隙ができるだろう。

（いや、殿下のことだからそれ狙って、罠とか仕掛けているかも？）

そういうのこっちにも教えておいてほしいな〜と思ったけれど、それでは罠にならないのかもしれない。

何にせよ、大概のことは私の知らないところで始まり、知らないところで終わっているのでそれほど気にすることでもない。

これまでだって、私の知らないところでたくさんのいろいろなそういうことがあったはずだから。

（私が危険になったり、あるいは何か影響を被るというのは、殿下の計画が失敗したり破綻した時ということなのよね……）

その最たる例がエルゼヴェルトでの墜落事件であり、毒殺未遂事件……いや、こっちはちょっと違うか……なのだと思う。

だから、失敗することはあんまり考えなくてもいい。………たぶん。

「リリアとよく話し合って、良きようにはからってください」

家令の仕事や職分なんてわからないし、他の事情があるから彼が来たのかもしれない。何にせよ、リリアなら良いようにしてくれるだろう。

「かしこまりました」

言葉少なに答えて、頭を下げる。いろいろと無駄なことを口にしないのは、なるほど殿下に近しい人らしいと思った。

「よろしく頼みます」

鷹揚にうなづいてみせる。これは、ある種の儀礼であり儀式だ。

「……ではリリア、私は図書室にいますね」

「かしこまりました。本日のお昼はいかがいたしますか？」

一人ぼっちの朝食はもうとっくに済んでいる。チーズとろとろのオムレツや、やわらかくてジューシーなローストビーフのサンドイッチ……どちらも好物だ。添えられた自然な野菜の甘みと旨みがたっぷりのコンソメスープもとてもよくできていたけれど、一人ではおいしさが半減する。

(殿下と一緒に朝食をとらないだけなのに……)

ここしばらくは、ずっと殿下と一緒に食事ができる『朝』を中心に生活が回っていたんだなぁとしみじみ思う。国として大変な時なのに、私としては殿下とご一緒できない朝食の方が大事だったりするあたりが、実に小市民的だ。

最近では自分の分は、朝食だけでなく昼食も作ることが許されている。夕食だけは変わらず西宮の厨房で作られるものが運ばれてくるけれど、私が口にすることはあまりない。

……二度、異物が混入していた為だ。混入されていたのが毒物であったかどうかはまだわかっていない。

リリア達が即座に気付いた為に、騒ぎにすらならなかった。

「こちらで簡単に作りましょう」

「ご準備だけ整えておきます」

「ええ」

私はぼんやりと考え事をしながら、図書室へと足を向けた。

(人って変わるものだよね……)

異物の混入程度では動じなくなった自分に少しだけ驚いたりもする。

本当に怖いのは、そんなみえみえの……あからさまな悪意ではない。

私の周辺の警備がとても厳重で、毒物に対してとても敏感だということをわかっていながら——もし、わかっていないのだったら、犯人はただのバカだ——異物が混入されている。これは、私を害そうとしているのではない。おそらくは警告であり、脅しにすぎない。

(脅されるということは、真実に近づいているということ)

幾つかの知りえた事実とそこから導き出される推測。

エルルーシア……ナディル殿下付き武官の父親、王妃殿下の侍女だった母親、幼馴染みだったスープ番、彼女の故郷であるネーヴェ……頭の中を断片的な情報が駆け巡る。

パズルのピースはまだ全部揃っていないし、登場人物も全員揃っているわけではない。

けれど、何となく予感がしている。

何かが、失われる……あるいは、これまでぎりぎりのバランスで保たれてきた何かが壊れてしまう……そんな、感じ。

正直、怖いと思う。

けれど、私はもう立ち止まることはできないのだ。

死んでしまったエルルーシアの為ではなく、今となっては自分自身の為に。

「妃殿下」

（ん？）

「妃殿下」

もう一度呼びかけられて、立ち止まった。

「はい？」

フィル＝リンだった。

「何でしょうか？」

立ち止まって、見上げる。

（……身長も、殿下とほとんど一緒なんだわ）

見上げる角度がほとんど一緒だ。

「お時間をいただいてもよろしいでしょうか？」

「……かまいません」

（何だろう？）

私は、フィル＝リンを自分の図書室に誘（いざな）った。

「不躾（ぶしつけ）なお願いをして申し訳ありません」

確かに不躾ではある。基本、目上の人間に目下の人間が話しかけるのはマナー違反だ。それは親しさの度合いで緩和されたりもするけれど、彼とは今日が初対面のはずだ。

「いえ。……お話とは？」

私は小さく首を傾げる。

正直、今のこの時点で彼が私に何を話したいのかなんて、予測もつかない。

「妃殿下は記憶を失くしたと聞きましたが、事実でいらっしゃいますか？」

丁寧に、確認するように彼は口を開く。

「はい。……ただ、失くしたというと語弊があるかもしれません。思い出せないことや、知っているはずなのに知らないことがあるのです。……あと、わかってはいるのに、自分のことではないように感じるというか……」

これだけ予防線はっとけば、大丈夫だよね。

「記憶が混乱している？」

「どうでしょうか？　混乱というほど、自分では整理がつかない状態ではないと思うのですが」

記憶喪失ということにしたけど、実際問題として記憶喪失ですらないわけで……正直、自分でもどういう状態かはよくわかっていない。

（……何が知りたいんだろう、この人）

ガリガリとフィル＝リンは頭をかく。

「あー、申し訳ないんですが、普通に話しても？」

「かまいません」

「ありがとうございます」

フィル＝リンは、どうやら丁寧な話し方とかが苦手らしい。

「ぶっちゃけて言いますと、記憶喪失の人間ってのは、記憶を取り戻すことがあるんです」

こっちが地なんでご容赦願いますと笑ったフィル＝リンは、くだけすぎた口調で話し始めた。

（ぶっちゃけすぎだから……）

「で、記憶を取り戻す時、ほとんどの場合、記憶喪失だった間の記憶を失くします」

「はい」

（ドラマとかでもそうだったよね……）

私はこくりとうなづく。

「ようはですね、妃殿下に記憶を取り戻してもらっちゃ困るというか、できるだけ今のままでいてほしいわけですよ、俺としちゃあ」

殿下の為に、とフィル＝リンは言う。

「殿下の為に？」

　正直、私は『殿下の為に』というこの言葉に弱いと思う。

「ええ。失礼を承知で申し上げれば、正直、俺は以前の貴女を知らない。いや、知ってはいたが印象に残っていない。それくらい、以前の貴女は影が薄かった。けれど、驚きました。今の貴女はまったく違う」

　今の貴女にはちゃんと存在感がある。と、フィル＝リンはまっすぐ私を見て口を開く。

　何かを見定めるかのように強い眼差し。

　でも、今の私はそれに気後れすることがない。

「今だってそうです。かつての貴女は人と目を合わせることなどありませんでした。……以前の貴女で俺がおぼろげに覚えているのは、その金の髪とどこも見ていない硝子の瞳だけでしてね」

　うーん、ひどい言われようだ。でも、彼が正直に口にしていることがわかるので咎めることはしない。

（殿下も似たようなことおっしゃっていたし……）

「俺が今回、この宮の家令なんぞに立候補したのは、あいつ……ナディルにとって、貴女が特別な存在だとわかったからだ」

「……？」

　私は更に首を傾げる。

「貴女はナディルの唯一(ゆいいつ)の妃であり、エルゼヴェルトの推定相続人だ。確かにそれだけでも特別なことに変わりはない。けれど、俺が言いたいのはそういうことじゃなくて……貴女は、ナディルに許された唯一なんだ」

「殿下に許された唯一？」

「そう。あいつが望み、あいつが自分のものにできる正統な唯一」

「意味が、よくわかりません」

「あー、貴女さ、そもそもナディルがただのお優しい王太子殿下だなんて思ってないだろう？」

フィル＝リンががりがりと頭をかく。これは、たぶん彼のクセ。

間がもたないときの。あるいは照れくさかったり、ちょっと困っている時の。

「はい」

私はうなづく。

だって、私は知っている。殿下が結構大人げないことや、ちょっと天然入っているっぽいことや、それから、子供みたいなところがあること。

「ナディルがそういうところを貴女に見せてるのが特別だってのもわかってるだろう？」

「……たぶん」

誰にでもそういう顔を見せるわけじゃないとは思っている。だからといって自惚(うぬぼ)れるほど、自分に自信があるわけじゃないよ。

「ナディルは、人が言うほど順風満帆な人生を送ってきたわけじゃない。むしろ、あいつは常に奪われ続けてきた」

「奪われ続けてきた？」

それはひどくそぐわない単語だった。殿下なら自力で奪い返しそうだけど。

「そ。あいつはすべて計算づくみたいな人生送ってるけどさ。その基本は諦めなわけ」

「諦め？」

また、そぐわない単語。

「王太子なんぞになりたかったわけじゃないんだよ、あいつは」

どれだけ歳月がたっても、それだけは俺は断言できるんだ、とフィル＝リンは言った。

その横顔に何かもやっとする。何だろう、これ。

(別に、くだけすぎているのも、その口調がたぶん王太子妃には不敬なのも、それほど気にならないんだけど……)

腹立たしいというか、何か気に入らないっていうか……うん。ムカつく。

「えーと、違うな。俺はそんなことを言いたかったんじゃなくて……あのさ、あいつは、すべて諦めたんだ。自分の夢も、人生設計も、目標も、全部諦めた。私生活なんてあるわきゃないし、好みなんて口にすることもない……いろいろさしさわりがあるからな。……

で、今は『お優しい王太子殿下』ってのをやっているわけだ」

それ、わかる。と、思った。

私は知らないけれど、でも、彼の言っていることが理解できる。

最初に感じた薄気味悪(うすきみわる)さというか、苦手だと思ったそれ……殿下がつけている『完璧(かんぺき)な王太子殿下』の仮面の存在を、彼もまた感じているのだ。

「王太子なんかになった瞬間(しゅんかん)から、あいつは、延々(えんえん)と搾取(さくしゅ)され続けてる」

「……搾取？」

「そう。搾取。……あいつは己(おのれ)を削(けず)り、与(あた)え続ける……国に、そして、民(たみ)に」

「――王は、国家に奉仕(ほうし)する存在である」

これ、元は統一帝國(ていこく)時代の高名な宰相(さいしょう)が、当時の皇帝(こうてい)を諫(いさ)めた時の言葉。原文では『皇帝は、国家に奉仕する存在である』なんだけど、ダーディニアは王制だからね。

その言葉を呟(つぶや)いた私に、フィル＝リンは軽く目を見開く。

「そうだ。けどさ……あいつはまだ王じゃないし、それでなくとも奉仕しすぎ。今のあいつには『私』ってもんがまったくない。普通、与えたら見返りがあるものだけど、あいつの場合は与える一方で、誰も与えてくれない」

「そんなことはないと思いますが……」

「あー、言い直す。正しくは、あいつが望むものを、誰も与えてくれないんだ」

うん。それならわかる。

「だから、あんただけなんだ」

「……は？」

ついに貴女からあんたになってしまった。

でも、フィル＝リンが素で……掛け値なしの本音を口にしていることはわかった。

「あいつはね、諦めることに慣れてる。むしろ、最初っから望まない。あいつにしてみれば大概のことは先が見えるからね。でも、あんたは違う」

「えーと……？」

この場合、どう応えればいいのだろう。

フィル＝リンの砕けた口調に引きずられて、私も随分お姫様ぶりっこが剝がれてきてる。

「あんたはあいつの妻だ。こう言っていいなら、あんたはあいつのモノだ」

やや反論したい部分もあるけれど、まあ、間違いではない。

「あいつが望んでも許される存在で……そして、誰もあいつから奪うことができない」

物理的な誘拐拉致……あるいは、私が殺されるようなことがない限り、だけど。

だって、何といっても私は殿下の妻で、殿下はいずれ国王となられるこの国の実質最高権力者なのだから、私を殿下から取り上げることのできる人間はいない。それは、国王陛下ですらできないことだ。正式な婚姻というのは、そういう強制力がある。

「ずーっと奪われ続け、このまま何もないまま終わるかもしれなかったあいつが、あんたにだけ心を寄せた……あんたはそういう唯一の人間だ」

ドキリとした。

「それは奇跡のような幸運と言ってもいい」

フィル＝リンはまじめな表情で私を見る。

「だから、俺はここに来たんだ。……あんたを守る為に」

茶化す気にはならなかった。

「……随分と、唐突ですね」

私は小さく苦笑する。

でも、フィル＝リンのその言葉を疑ってはいなかった。

今日着任したばかりの家令見習いで、いきなりこんなぶっちゃけ話をはじめて、王太子妃を「あんた」と呼ぶような人だけど。

（リリアの言っていたとおりだ）

殿下にとって無二の腹心……その通りなのだろう。

乳兄弟っていいな～とうらやましく思う。リリアとシオン殿下もそうだけど、何ていうのかな……特別な絆があるような気がする。

「あー、本当なら、少しずつ信頼だの何だのを積み重ねていくべきなんだろうが、その時間が惜しいんだ。むしろその時間すら怖いっつーか。ちんたらそんなことやっている間にあんたに何かあってからじゃ遅いからな」

だから、手っ取り早くこういう話をしたんだ、とフィル＝リンは笑う。

「あいつからも頼まれているからさ」

ちょっと照れくさそうにまた頭をかく。

（あ！　何でもやもやしていたかわかった……）

これ、嫉妬だ。私の知らない殿下と、彼の絆に対する嫉妬というか……。

男同士の友情って時としてものすごく濃密だと思うのは私だけだろうか。単なる友情で片付けられない。具体的に言うなら、おまえのためなら死ねる……みたいなやつ。

「ナディルが王宮を離れている間、おそらく貴女は狙われる」

フィル＝リンが言葉を改めた。

「はい」

やっぱり、と思った。

「でも、何も奴が好き好んで貴女を危険に晒していると思わないでくれ。あいつにとって、貴女はかけがえのない唯一だから……備えも充分にしているつもりだ」

「大丈夫です。予想はしていましたから」

「へ？」

私の言葉に、フィル＝リンは何を聞いたかわからないという顔をした。

「殿下の乳兄弟で、側近で、本来家令見習いなどになるはずのない方がわざわざいらっしゃる……心配してくれているのかな、とは思いましたが、裏を返せばそれだけ危険なのだろうなと思いました。殿下がお留守であれば宮に常よりも隙ができるのは当然ですし……護衛も増やして下さっていますよね？　剣を捧げて下さった人とは違う騎士の方をお見かけしますし……それに、殿下だったらむしろ罠くらいかけていそうです」

「………………………」

唖然とした表情がおかしくて、私は思わずクスリと笑う。

「間違っていますか？」

上目遣いに見上げた。

「……いんや……大正解。貴女すごいよ」

心底驚いたという顔のフィル＝リンは、まじめな口調のまま問う。

「で、どう思いましたか？」

「どう？　とは？」

「積極的にではないとはいえ、あいつが貴女を囮にしていること」

私にはちゃんと『貴女』っていうのに、殿下は『あいつ』なところが、二人の親しさを感じさせると思うの!!

「殿下らしいなぁと」

　半ば予測していたのが、正解でちょっと嬉しい。

「……それだけ？」

「んー、こっちに教えておいてくれると心の準備できるのになぁ、とか、いろいろありますけれど……失敗しない限り、私には別に影響ないからいいかなぁとか……」

　ぶっとフィルがふきだす。

「あんた、ほんと、すげーよ」

　また、あんたに戻ってる。これって認められたと思ってもいいのかな？

　あはははは……と大笑いする声が響き渡る。

「なぁ」

「はい？」

「もし……もし、記憶を取り戻しても、あいつのことだけは忘れないでいてやってほしい」

「忘れないとは思うんですが……でも、大丈夫ですよ」

　そもそも単なる記憶喪失とは違うからそういうことはないと思う。

　それに、忘れてしまってもたぶん大丈夫。

「なんで？」

「だって、忘れてもきっと、殿下のことを好きなことは変わりませんから」

たとえば本当に記憶喪失になってしまったとしても、きっとこの気持ちは失くならないと思う。あの冬の湖でアルティリエの記憶は失われたけれど、でも、今の私の中に確かに息づいている想いがあるように。

私の中にあるこの暖かな感情は、突然生まれたものではなく、すべての延長線上にあるものだ。

「記憶なんて失くなっても、一番大切なことは忘れないです、きっと」

フィル＝リンは、笑いたいようなくすぐったいような表情をして、それからがりがりと頭をかいた。

「どうしたんです？」

「何かすっげえかゆいっていうか、独り者にはわびしくなるっていうか、胸焼けするっつーか……」

「？？？？？？？」

「いいです、あんたはそれで」

フィル＝リンが諦めたように笑った。

（……変なの）

私は、彼の言っていることがよくわからなくて首を傾げた。

一週間もすると、フィル＝リンは、家令見習い兼家庭教師代理という立場にすっかり落ち着いた。『家庭教師代理』というのは、私の現在の正式な家庭教師がシュターゼン伯爵で、今は伯爵が出張中だから。

なんで『家庭教師代理』になったかといえば、ひとえに私のお茶に同席する為だ。使用人は、お茶に同席することができない。けれど、家庭教師は別格だ。だって、『師』だからね。代理とか見習いってどうなんだろう、と思うものの、フィル＝リンにはそれが似合っている。

（どうせ、フィルは殿下のものだし）

つまり臨時なので、いずれ殿下の元に帰る。だから、フィル＝リンがここにいておかしくなければ、肩書きは何でもいいのだ。本人もまったく気にしていないし。

「あー、ひ……妃殿下、おはようございます」

リリアの一睨みにフィル＝リンはこほんと咳払いをし、言葉を改める。

「おはよう」

私はいつものようにうなづく。

フィル＝リンは、すぐに、私を『あんた』とか『姫さん』とか呼びそうになるのだけれど、リリアがそれを許さない。

フィル＝リンが私を『あんた』と呼んだのを初めて聞いた時のリリアの豹変ぶりはすごかった。普段、楚々とした侍女っぷりが板についているだけに余計に恐ろしかったと言ってもいい。

「アルトハイデルエグザニディウム伯爵公子、言葉遣いにはくれぐれも充分気をつけてくださいませ。妃殿下は寛容でいらっしゃいますから何もおっしゃいませんが、貴方の無礼な物言いをそのままにしておきますと妃殿下が侮られますの」

「あー、気をつけマス」

『くれぐれも』『充分』って重ねて強調しているよ。用法も語調も！

フィル＝リンは神妙な顔で聞いている。

「リリア、フィルをそんなに怒らないであげて。別にフィルが私を軽んじてそう呼ぶわけではないのだから」

「妃殿下、ダメです。ここで甘い顔をしては。……気を抜くとどうせすぐに『あんた』とか言うんです。『あんた』ですよ『あんた』！　いくら学者に変人が多いからって、妃殿下に対して『あんた』は許されません！」

リリア、表情こわいよ。

学者って変人が多いんだね、初めて知った。

普通、高等教育を受けるともっと礼儀正しくなるんじゃないかなと思ったけど、考えてみれば、別に大学って礼儀を教えるところじゃないものね。

「アルトハイデルエグザニディウム伯爵公子自身が、妃殿下に敬意を持つことは承知しております。が、それを聞いた者が妃殿下を侮るのです。その程度で侮る者などどうでもよいと妃殿下は思っておいででしょうが、本人の為にもならないことですから」

きっぱりと言い切るリリアに、私はちょっとだけ嬉しくなった。

「……リリアは優しいね」

「は？」

「え？」

リリアとフィル＝リンがおかしな顔で私を見る。

「なんで、そうなるんです？」

「別に優しいわけではないと思いますが？」

フィル＝リンがおかしげな表情で問う。リリア自身も不思議そうだ。

「んー、でも、変な言い方だけど、結果としては優しいと思うよ。……だって、リリアに注意されたことによって気を付けるようになれば、結果としてフィルが酷い目にあう確率は減るし」

二人とも考えてみようよ。私には、あらゆる意味で最強の保護者がついているんだよ？

「あ」

「……まあ、そう言えなくもないですね」

「回りくどいかもしれないけれど、結果としてはそうだと思うの。……だって、殿下はわりと過保護だと思うし」

そういうのが耳に入ったら、殿下は絶対に不快に思われるだろう。

即座に思い至ったのか、フィル＝リンが、やば、と小さく漏らす。

「だから、何かあったらフィルのことは殿下に言いつければいいわ」

その、うっかりしてた！　みたいな表情がおかしくて私はくすくす笑う。

（それに……）

私としては、国王陛下のなさりようも気になる。

（いろいろな意味で、出方の読めない方だし……）

「勘弁してください……マジで」

意識を目の前に戻せば、フィル＝リンが心底参った、という表情をしている。

本当に殿下には弱いんだなぁと思う。

たぶん殿下は、ご自身が侮られることは何とも思わないだろう。侮りなど鼻で笑い飛ばす。殿下は他者のそんな矮小な態度は気にも留めないに違いない。

けれど、私が侮られることはお許しにならないと思う。

……かつてはともかく、今はもう。

「わかりました。公子が暴言を吐いたら、次からは王太子殿下に申し上げることにしますわ」

「ご容赦ください。ラナ・ハートレー」

フィルは即座に言葉を改めた。

切り替えが早いなぁ。

でも、リリアを苦手にしてたり敬遠したりしてるって感じでもない。

「ならば、よーく注意を払ってくださいね」

「かしこまりました」

フィルは軽く頭を下げる。フィルもやれば普通にできるんだね。

そうだよね、王太子殿下の乳兄弟だもん。おんなじように礼儀作法とかやってるはずだもんね。

二人を見ていたら、なんだかフィル＝リンとリリアの力関係というか立ち位置が完璧に決定したように思えた。

家令の仕事というのは多岐にわたる。そして、来客や訪問の取捨選択もその一つらしい。

意外にも、と言ったら申し訳ないけれど、フィルは仕事は真面目にする人間だった。

「王妃殿下のお茶会ですが、これはお断りですね」

前回と同じ綺麗なカードの招待状を、欠席の封筒の山の一番上に載せる。

こんなにたくさんの書状が届いていることを、これまで知らなかった。

内容はいろいろだ。貴族の謁見の申し入れや、お茶会や夜会の誘い。私はこれまでまったく出席したことがないのに、それでも送ってくるのがすごいと思う。

「どのようにお断りするのですか？」

リリアが首を傾げる。どうやら、断ることに異存はないらしい。

「風邪ひいたってことにすればいいでしょう。ナディルの許可がなければ、王妃殿下とてこの宮に入るのは困難だ。それでも見舞いに来るって言われたら、寝ているからって言って遠慮してもらえばいい。医師はこちら側の人間ですからうまくやらせます」

「わかりました」

お医者さんまで口裏合わせる完璧な仮病。さすがだ。

「なので、ナディア姫と遊ぶ約束も却下です」

淡いピンク色の封筒を山の上に重ねる。

すごーく残念！　ナディ秘蔵のスクラップブックカードのコレクションを見せてもらう約束だったのに。

「はい」

でも、フィルのこの決定は殿下の意向に基づいているので、私はこくりとうなづいた。

「殿下が宮を離れている間は、この宮から出ないことが一番です。当分の間、妃殿下はお風邪を召されたので外にはお出ましにならない、ということにしますので、残念ですが建設現場をのぞきにいくのもダメです」

「はい」

うーん、ひきこもりだ……それこそ退屈しそうだけど、仕方がない。

王妃殿下に対しても仮病を押し通すのだから、徹底的にやるということなんだろう。

「……物わかりがいいですね、妃殿下」

「？」

「普通、貴女の年齢の子供は、もっとわがままなものですよ」

「でも、危ないのですから」

時々忘れそうになるけれど、私には三十三年の人生経験があるのだ。そんな子供みたいな駄々をこねたりはしない。ちゃんと大人の女の包容力を隠し持っているんです。……今のところ発揮できてないけど。

「そーいうとこが、ナディルには合うんだな、きっと」

あいつ、言葉の通じない子供大っ嫌いだから、とフィルが笑う。

「私だってわがまま言うこともありますよ。でも、言うべきタイミングはちゃんとわきまえています。計算高いんです」

切り札は大事なときに使うものだ。

「……さすが。ちっこくても、女ですねぇ」

「当然です」

私はにっこり笑う。

わがままはここぞというとっておきで言うのだ。

……それに、本音を言えばあんまり子供扱いもされたくないんです。

フィル＝リンはちょっとだけ笑って、まじめな表情でリリアに向き直った。

「ラナ・ハートトレーは、王妃殿下ならびにナディア王女殿下にお断りのカードを代理で作成して届けていただきたい」

「わかりました。……王妃殿下には、私が直接お届けいたしましょう」

「よろしく」

様子も伺(うかが)ってきます、とリリアが私に唇(くちびる)だけで言う。

この間のお茶会から……ううん、ずっとそれ以前から、リリアは王妃殿下に対して疑いを持っている。口に出しては言わないけれど、この間のお茶会後に話したときの口ぶりではそうだった。

（……無関係ではないと思うけれど……）

何かこうピンとこなかった。

確かにユーリア妃殿下は怪しい。怪しいというか、絶対に関わってることは間違いないし、確証もある。

……でも、私には妃殿下が犯人だとは思えない。

んー、相当深いところまで関係しているとは思うんだけど、彼女が私を殺そうとしているとはどうしても思えないのだ。

（だって、彼女は王妃だから……）

そう。彼女は何よりもまず王妃なのだ。

妻であり、母である前に『王妃』であること、それが彼女には何よりも重要なことなのだ。

そして、王妃である彼女は、『私』という存在がどれだけダーディニアにとって貴重なのかがわかっている。好き嫌いで言えば『嫌い』であってもそれはそれ。傷つけることはしても、たぶん殺すことはできない。

（エルゼヴェルトの推定相続人である『私』はダーディニアという国を存続させるのに絶対に必要なパーツだから）

これ、今回のいろいろなことを調べてもらっている間に、副次的に判明した事実だ。

エルゼヴェルト公爵家の唯一の相続人であるところの私が、公爵家を相続する子供を産む前に死ぬと、ダーディニアが内戦に突入する可能性が恐ろしく高くなる。即座に突入する、とまで言わないのは当代公爵がまだ健在だから。

この国の王妃であることが何よりも最優先である妃殿下には、ダーディニアを内戦に陥れてまで、私を殺す覚悟――あるいは意思、はないだろう。

そして、他国の人間には、私という存在の本当の価値がわからない。

彼らにはダーディニアという国の特殊性が本当の意味で理解できていないからだ。

「お願いします、リリア」

気をつけてね、と声に出さずに伝える。

リリアはにこっと笑った。

無理は絶対にしてほしくない。でも実際には、王妃殿下のところがそれほど危険だとも思っていなかった。

だってリリアはシオン猊下の乳兄弟だ。リリアに何かあれば、シオン猊下が乗り出すことはわかりきっている。

(妃殿下は王妃という立場を何よりも優先させるけれど、母であることを忘れたわけではないと思うし……それに、王妃殿下というお立場からしても、王族大司教の機嫌を損ねることはできないはず)

国教会は王妃殿下の地位を……他国の王女に第一王妃の地位を与えていることを苦々しく思っているので、王妃殿下が不祥事を起こしたら即座にとは言わなくとも、廃位させようとするに違いない。

（それほど事情に詳しくない私でもそれくらいわかるんだから、現実はもっと厳しいんだろうな）

これは、妃殿下個人の資質がどうこうということではない。

そして、徹底している国教会は、そんな妃殿下を第一王妃にしている国王陛下に対してもあまり好意的ではないのだ。

そのせいで、陛下は教会嫌いとして知られている。必要最低限の儀式すら、体調不良で欠席なさるという徹底ぶりで、戴冠以来陛下が教会に足を踏み入れたことは、数えるほどと聞く。

（逆に、ナディル殿下にはわりと好意的なんだよね）

これは、殿下が私と婚姻しているからだとリリアは言った。

ダーディニア王家の血は、殿下よりも私のほうが濃い。それが正統な血筋なのだと国教会は見なしているのだろう。

「かしこまりました」

リリアはスカートの裾をつまみ、一礼して出てゆく。幼いころから宮中で育ったリリアの挙措はとても優雅で、実は私も時々真似している。

　こういうのって言葉で聞いてもわかりにくいけれど、目の前で見せられると案外あっさりわかるのだ。ただ、その優雅さが真似できるかというとなかなか難しいのだけれど。

　扉がぱたんと閉まると、ほーっとフィル＝リンは大きくため息をついた。

「そんなに緊張します？」

「……まあ」

　フィルが軽く肩をすくめる。

「ようは、慣れないってだけなんですがね……何しろ、物心ついた時から男所帯なので」

「殿下の側近の方に女性はいないんですか？」

「ええ、まったく。……こう言うと誤解を招くかもしれませんが、あいつはかるーく女嫌いなところがあるので」

「そうなんですか？」

「ええ。……女嫌いの男嫌いの人間嫌いかもしれませんが」

「でも、決して口には出さない……ですね」

「ええ。でも時々、態度には出します」

　それを聞いて、私はフィルと顔を見合わせてにっこり笑う。

　……きっと、私とフィルは仲良しになれるだろう。

（嫉妬するかもしれないけど……）

でも、お互いにナディル殿下が大好きだから。

「確認しておきたいのですけれど」

「何ですか？」

「誰か、はわかりませんけれど、私を狙っている人……まあ、その手先かもしれませんん……が、来るんですね？　殿下の留守中に」

「ええ。たぶん」

まるで決まりきった事実というようにフィルはうなづく。

「それは、私を殺そうとしている方ですか？　それとも、そうじゃない方ですか？」

「……あんたほんと、すげえな」

思わずといった感じでため息がもれる。

「？？？？？」

「貴女はナディルにとって最高の妃だってことですよ」

「ありがとう」

その言葉の真意はわからないけれど、そういう風にほめられるのはとっても嬉しい。

それが、殿下の乳兄弟のフィル＝リンの言葉だからこそ尚更(なおさら)に。

「たぶん今回は、殺そうとしている方です。判断に迷うこともあるんですが、殺そうとしている方にしても毎回どうしても殺そうっていうわけじゃないんですよね。この間のように成功しかかったりとかもありますが……その次は、お粗末な襲撃だったし」

ほら、やっぱり私の知らないところでいろいろあるんだ。

「……どちらにせよナディルは、今回で決着をつけるつもりです」

フィルの表情がやや険しさを帯びた。でもそれは一瞬のことで、すぐに私にそれを感じさせないようにへらりと笑った。

「ま、気を楽にしてそれを待っていてください」

「そうですね」

……たぶん、殿下には犯人の目星がついているのだろう。

証拠とか確証は全然ないけれど、殿下に比べれば圧倒的に情報量の少ない私にも何となく思いつく名前がある。もしかしたら間違っているかもしれないけれど。

でも、それと同じくらい間違っていないんじゃないか、という気もしている。

ようは、認めたくないだけなのかもしれない。

(そもそもこの国の実質的な最高権力者って言われている殿下が、これまで処分しきれていないことを考えれば、おのずとその犯人は限られてくるんだよね)

私は、不思議なくらい殿下が犯人を知っていることを疑っていなかった。

だから、ナディル殿下が決着をつけるというのであれば、それを待つだけだ。

だって、約束したもの――――ここで待っているって。

(正確にはここから出ないって約束をしただけだけど……)

「あ、お菓子は作ってもかまわないですか？」

それまで禁止されたら、私、ヒステリーおこすと思う。

「かまいません。大掛かりでないのでしたら。侍女が作っていると言えばいいので」

「良かった」

「ま、本音を言えば、俺も食べたいですし。……妃殿下、貴女、最高の菓子職人になれますよ」

「ありがとう。もし、王太子妃じゃなかったら絶対にお菓子屋さんになりたかったわ。ただの地方貴族だったなら叶ったのに」

「まあ、できないことはないですね。商売をやっている家も多いですし」

「不思議ね。貴族が商業に従事するなんて、バカにされそうなものだけど」

少なくとも、ダーディニア以外の国ではそう。

けれど、ダーディニアはちょっと違う。

たとえば、北部諸侯の大部分は林業に従事しているし、南部諸侯は大農場主を兼ねているの。で、彼らは自分たちで独自の販売ルートを持っていたり、開拓したりと経済活動に関して大変積極的なのだ。

「いや、直接商売はやっぱりほとんどないですよ。ですが、『持てる者』であってこそ、貴族としての義務が果たせる、というのがダーディニア貴族の信念ですから……『困窮していても領主が領民に善政を施しても効果はない』って慣用句は、ダーディニアでできたくらいですし」

フィルの言った慣用句は『無意味』という意味で、大陸中で広く使われている。

確かにこの慣用句はダーディニアだからこそ生まれたものだ。

貴族って、お金持ちで優雅にパーティー三昧！　なイメージだったけど、全然それだけじゃないんだ。貴族だからこそ領民を守らねばならない。それは義務だ。

「私が作ったお菓子が、ダーディニア中で販売されるのとかいいなって思う。あ、レシピが広まる、でもいい」

「レシピ？」

「作り方のこと。……粉の配合とか微妙なコツとかは書き記しておかないと忘れてしまうでしょう？」

ダーディニアは、やっぱり別の世界の別の国で、よく似たものであっても向こうの世界とはちょっと違う。そのちょっとの違いがお菓子には影響したりするわけで、向こうのお菓子をダーディニア流にアレンジするのが結構楽しい。

「へえ～」

「それで、いつか、チョコレートを作るのが夢なの」

「ちょこれーとってなんです？」

「それはね……」

私は、フィルに「チョコレート」がどんなにおいしいお菓子なのかを熱心に吹き込んでおいた。ほら、ひきこもりの私より、殿下の側近のフィルの方がいろいろなものが手に入るかもしれないしね！

それから、フィルも交えて皆で殿下のお好きなナッツやフルーツのたっぷり入ったクッキーバーを焼いた。

だから今日も何の変哲もない一日なのだと思っていた。

どこかお菓子の匂いが漂う寝室でいつものようにベッドに入り、目を瞑ったらあっという間に明日が来るだろうことを疑わなかった。

真夜中に、私の部屋にリリアのカフスが投げ込まれるまでは。


「旦那様の専属お菓子係（パティシエール）、はじめました。」おわり

……あとがき

たくさんの本の中からこの本を手にとって下さってありがとうございます。

ネットの海の片隅に棲息(せいそく)している汐邑雛(しおむらひな)と申します。

前作に引き続き、今作も読んでいただいて嬉しく思います。


前作の発売日、いつも利用する本屋さんに並ぶ自分の本を見た時、本当に『本』になったんだなぁとしみじみしました。

活字中毒(かつじちゅうどく)気味な本好きの一人として、それは最高の瞬間だったと思います。

が、既に数冊売れたらしい痕跡(こんせき)のある棚を見ていて気付きました。

店中に並ぶたくさんの本の中から、私の本を選んで買って下さった人がいる……その事実に、震えるほどの感動を覚えました。

それは、幼い頃からの夢が叶(かな)ったことよりももっと、深く大きなものでした。

刊行にあたりお世話になった皆様に、再度御礼を申し上げます。

素晴らしいイラストを描いて下さった武村先生。イラストを拝見するたびにぼーっと見惚れてニヤニヤするという奇行を繰り返していました。今回も格好いい殿下と可愛い姫さんをありがとうございます。

改稿のご指導いただいた担当様、校正様、今回もたくさん勉強させていただきました。毎回、大変ご迷惑をおかけしておりますが、おかげさまで今回も刊行までたどり着くことができました。

そして、本作を読んで下さった皆様、本当にありがとうございます。

前作、近作ともにどうぞ表紙カバーをめくってみて下さい。ささやかなおまけ資料付きとなっております。

あちらの世界を楽しむ手助けになれば幸いです。

それではまた、次作でお会いできることを祈っております。

汐邑　雛

■ご意見、ご感想をお寄せください。
《ファンレターの宛先》
〒102-8078 東京都千代田区富士見 1-8-19
株式会社KADOKAWA ビーズログ文庫編集部
汐邑雛 先生・武村ゆみこ 先生

■本書の内容・不良交換についてのお問い合わせ。
エンターブレイン カスタマーサポート
電　話：0570-060-555
（土日祝日を除く 12:00～17:00）
メール：support@ml.enterbrain.co.jp
（書籍名をご明記ください）

◆アンケートはこちら◆

https://ebssl.jp/bslog/bunko/enq/

し-7-02

なんちゃってシンデレラ 王宮陰謀編

旦那様の専属お菓子係、はじめました。

汐邑雛

2016年12月15日 初刷発行
2017年 8月30日 第5刷発行

発行人　三坂泰二
発行　株式会社 KADOKAWA
〒102-8177 東京都千代田区富士見 2-13-3
（ナビダイヤル）0570-060-555
（URL）http://www.kadokawa.co.jp/
デザイン　島田絵里子
印刷所　凸版印刷株式会社

ISBN978-4-04-734327-6 C0193

定価はカバーに表示してあります。